問道學藝

首届中国简帛书法艺术研究
高级培训班师生作品集

主编　陈松长

上海书画出版社

导师名单

丛文俊　　陈松长　　冯胜君　　李守奎

刘绍刚　　陈斯鹏　　郭永秉

辅导老师

陈文明　　朱友舟　　陈阳静

陈仁仁　　李洪财　　王博凯

学员名单

曹　西	曹雨杨	陈　杰	陈柳橒	陈苗夫
陈文波	高永康	匡　赞	李立鹏	刘灿辉
卢志春	龙光斌	齐　兴	孙建亮	孙莉姮
孙玉财	唐　涛	童　玮	文铁强	邢冬妮
徐舒桐	许道坤	许敬峰	薛　婧	杨　玲
易万喜	袁　珊	张　文	张葆冬	张立军
张耀山	赵广曙	周　欢	李莹波	邓红弟

目 录

汉风起兮·汉简研创

教学掠影

前言

自20世纪初在西北发现汉简以来，中国简帛的不断发现，给不同学科的研究提供了改写历史的崭新资料，同时也给不同学科的拓展研究提供了极大的动力和空间，故中国简帛学的研究早已成为海内外学术界最关注也最前沿的研究领域之一。

但是，百多年来，有关中国简帛的研究，多侧重于文献的整理、内容的解读，而对简帛书法的研究却一直比较滞后。

简帛书法的研究至少有两个层面的价值和意义，其一是简帛书法在中国书法史中的地位和价值，这是需要高度关注的研究课题；其二，简帛书法对当今书法创作的影响和作用，这也是急需认真研究和思考的课题。而要展开这些课题的研究，就必须有一批热爱简帛书法研创的人才来共同从事研究和探索。有鉴于此，早在2015年，湖南大学就率先在国内高校中专门成立了“湖南大学中国简帛书法艺术研究中心”，重点着力于推动中国简帛书法的研究与创作。

中心成立之后，除了举办学术研讨会、简帛书法展览、出版简帛书法的书籍之外，我们将简帛书法研创人才的培养视为最重要的工作之一。因此，我们与湖南省博物馆、贵阳孔学堂文化传播中心联手，于2018年7月，在贵阳美丽的花溪风景区内的孔学堂举办了“首届中国简帛书法研创高级培训班”。

我们办班的目的是弘扬中国简帛书法，推动简帛书法的研创，提高简帛书法研创者的学养，在全国范围内培养一批有学问基础的简帛书法研创者。

为此，我们充分发挥高校的人才优势，聘请了清华大学、复旦大学、中山大学、吉林大学、湖南大学的教授、博导来作文字学和简帛学的授课；同时，我们还请南京艺术学院、湖南师范大学、河北美院专长简帛书法创作的老师来辅导创作实践，这样，确保了授课的质量和书法研创的学术水准。

我们在学员招生中，首开不收任何费用，不设任何门槛的先例，故报名踊跃。通过三轮选拔，我们从全国二百多名报名者中挑选了36名学员（另有十多位来自不同省份的旁听者），他们既有高校的硕博士，也有小有名气的中青年书家，还有年届六十、曾做过地市级的书协主席，正所谓“少长咸集、群贤毕至”。通过三个星期的授课、研创以及在湖南省博物馆、长沙简牍博物馆和岳麓书院的实地考察，收获丰硕。为了记录和展示这次培训班的丰硕成果，我们特别策划编撰了这本小书。

需要说明的是，这本小书并不是单一的书法作品集，它是“首届中国简帛书法研创高级培训班”的研创记录，故书中既有师生的书法作品，也有师生教学研创的生活写照，更有简帛书法研创的文章心得，而这些文章既有简帛书法理论的探讨，也有简帛书法的临创心得，尽管这些大多不是专门的学术论文，但这也是培训班的主要成果之一。

本书取名“问道花溪”，是对我们在贵阳花溪共同求学问道的高度概括，大家有缘相聚于气候清爽、景色秀丽的花溪，一起切磋琢磨，问道解惑，留下了许多美好的记忆。临别时，师生们题写长卷以资纪念；远道而来授课的丛文俊先生欣然题写“花溪问道群贤录”，并题跋曰：“岳麓书院松长兄发起简帛书法学习班，一时杰俊集于贵阳孔学堂，研精篆素，翰墨增色，实属功在千秋之举。匆匆旬日，人将各携所得，播芳四远，临别眷眷，书此卷以志其盛焉。”先生所题，虽有谬赞，但确实道出了大家的心声。

参加本书编辑的有李莹波、王博凯、陈杰、许敬峰、朱江等，作品图片的摄影是李卓，本书的出版，是大家不计报酬，共同努力的结果，同时，也是每位学员的高度理解配合和认真研创的结果。

本书出版之际，要特别感谢湖南大学岳麓书院、湖南省博物馆、贵阳孔学堂对培训班的全程指导和支持，同时，还要感谢上海书画出版社的鼎力相助。

湖南大学中国简帛书法艺术研究中心主任：陈松长

2019年3月记于斯是斋

問道學谿
理论探微

关于汉代以前毛笔的几个问题

朱友舟

中国毛笔的起源非常早，通过考古发掘我们可以推测一些简单信息。早在公元前5000年至前3000年河南仰韶新石器时期，陶器上就已经使用毛笔绘制各种动植物及其变形纹、几何图案纹和符号以作装饰了。[1]此外，马家窑文化彩陶也非常发达。考古工作者在龙山文化（公元前2500年至前1900年）陶寺类型的一口大陶缸上，发现有毛笔朱书的“文”字。[2]由于没有毛笔实物出土，这些远古时期毛笔的具体形制尚不清楚。在商代的甲骨上，有许多毛笔书写的墨书或朱书文字。河南刘家庄南地曾出土一批玉石璋残片，上有朱书文字。[3]河南安阳刘家庄北1046号殷代墓葬中出土了18件墨书石璋。[4]殷商甲骨和商周金文中都多次出现了“聿”字，此字为“笔”的初文。学者由字形推测，商代的毛笔可能是用兽毛捆在笔杆的周围。

在历史发展的长河中，毛笔的制作必然存在地域差异，比如春秋战国时期，有学者认为秦笔与楚笔的根本不同就在毛毫的裹束方法上。楚笔毛裹杆外，因而笔法单调是无法克服的先天障碍。秦笔锋毫束成一团塞在镂空的笔腔中，故秦隶的线条较之楚简已粗重、沉稳了许多，笔法也相对讲究。[5]福田哲之认为睡虎地秦简的文字因为像是用笔尖平钝之笔所写出的文字，可能是用平笔系的笔写成，所以睡虎地秦简中的方折样式是因秦国特有之笔所形成。[6]这些持论都有可商榷之处。

一、战国楚地毛笔具有锋长腰细、笔杆细小的特点

20世纪以来，文物部门发掘了大量的春秋战国以及秦汉墓葬，其中，出土的毛笔实物如下：

1954年湖南长沙左家公山M15楚墓出土毛笔1支。竹质，笔杆长18.5厘米，笔径0.4厘米，笔毫为兔箭毫，长2.5厘米。

1 梁思永：《小屯龙山与仰韶》，《庆祝蔡元培先生六十五岁论文集》下册，“中研院”历史语言研究所，1933年，第55—568页。

2 李健民：《陶寺遗址出土的朱书“文”字扁壶》，《中国社会科学院古代文明研究中心通讯》第1期，2001年，第27—29页。

3 安阳市博物馆：《安阳铁西刘家庄南殷代墓葬发掘简报》，《中原文物》1986年第3期，第21—23页。孟宪武、李贵昌：《殷墟出土的玉璋朱书文字》，《华夏考古》1997年第2期，第72—77页。陈志达：《商代的玉石文字》，《华夏考古》1991年第2期，第65—69页。

4 中国社会科学院考古研究所安阳工作队：《安阳殷墟刘家庄北1046号墓》，《考古学集刊》第15集，文物出版社，2004年，第380—383页。

5 王祖龙：《楚简帛书法论稿》，湖北美术出版社，2016年，第127页。

6 福田哲之着，佐藤将之、王琇雯合译：《中国出土古文献与战国文字之研究》（台北市，万卷楼，2005年11月），第170—171页。

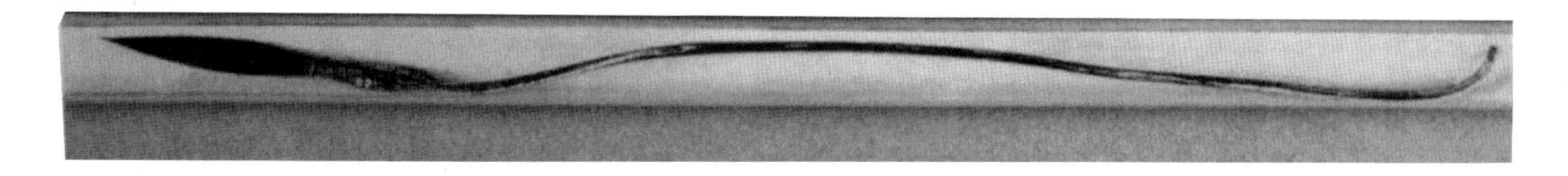

左家公山 M15 楚墓出土毛笔

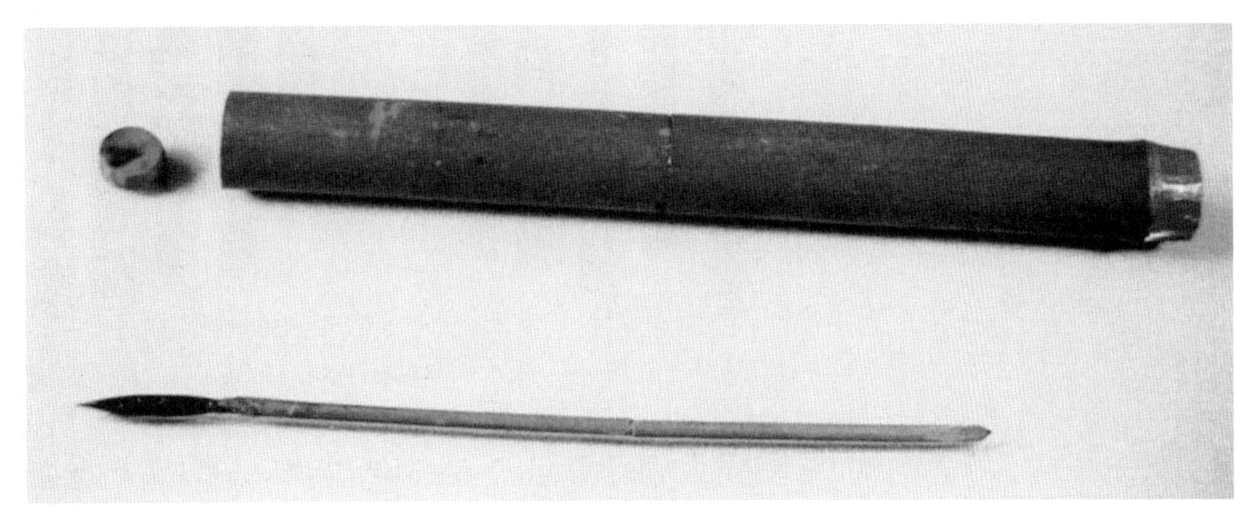

包山战国楚墓出土的毛笔

将竹笔杆纳锋毫的一端劈成数瓣，夹入兔箭毫，然后用细小的丝线缠住，外面涂漆。[7]

1957 年河南信阳长台关 M1 楚墓出土毛笔 1 支。竹杆，笔长 23.4 厘米，笔径 0.9 厘米，笔毫长 2.5 厘米，笔毫插于笔杆管内，外有绳捆缚在杆上，配有笔套。[8]

1981 年江陵九店 M13 楚墓出土毛笔 1 支。笔杆用竹片削成，呈八角形，残长 10.6 厘米，杆径 0.3 厘米，笔头长 2.4 厘米，笔毫已朽，从痕迹上可知，笔毛系捆在杆上后涂墨漆加固，笔根末端尖，并配有笔套。[9]

1987 年湖北荆门包山 M2 楚墓出土毛笔 1 支。苇质，笔全长 22.3 厘米，笔径 0.4 厘米，笔毫长 2.5 厘米，笔头插入笔杆下端的銎眼内，然后用丝线捆扎，配有笔套。[10]

由上述考古材料可知：

其一，楚地毛笔的制作至少存在三种方式。第一种，以九店 13 号墓的毛笔为例，制法是将笔毫围在竹笔杆一端的四周，竹杆估计被削尖处理了，再用细线捆缚扎紧，然后再髹漆其上，使之

7 湖南省文物管理委员会：《长沙左家公山的战国木椁墓》，《文物参考资料》1954 年第 12 期，第 8 页。湖南省博物馆、湖南省文物考古研究所、长沙市博物馆、长沙市文物考古研究所：《长沙楚墓》，文物出版社，2000 年，第 435 页。

8 河南省文物研究所：《信阳楚墓》，文物出版社，1986 年，第 64—67 页。

9 湖北省文物考古研究所：《江陵九店东周墓》，科学出版社，1995 年，第 324—325 页。

10 湖北省荆沙铁路考古队：《包山楚墓》，文物出版社，1991 年，第 264 页。

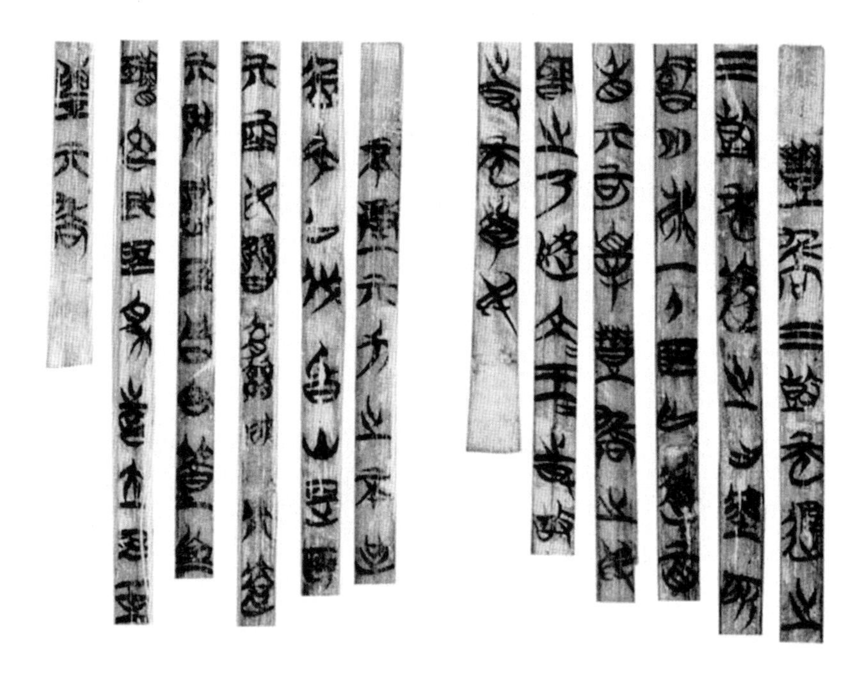

上博简《容成氏》局部

牢固耐用。第二种以包山 2 号墓的笔为例，笔头插入笔杆的空腔内，用丝线捆扎，这种制作方法很好地利用了竹竿或芦苇竿空心的自然特性。第三种，以左家公山 15 号墓为例，将笔杆端剖成 4 瓣，笔头插入其中，用麻线缚住，麻呈黄白色，外边涂黑漆加固。在这三种形制中，捆绑式应该是比较原始的一种，楚笔的形制恐怕是以笔头纳入空腔以及瓣夹笔头式为主，这显然是对捆绑式制笔方式的改良。这种方式后来成为毛笔形制的主流形式。楚简大量存在用笔粗重的一类风格，如《容成氏》《庄王既成》《申公臣灵王》《平王问郑寿》《平王与子木》等，顿压猛烈，线条十分粗重，侧锋用笔，估计毛笔常常用至笔肚部位，应该为笔腔式毛笔所书。

有学者认为，楚简书风的形成原因在于捆绑式制笔方法。笔头的中间可能存在空隙，笔锋容易散开，因此笔锋不宜顿压太重，一般多用笔尖书写，线条与秦简相比显得秀美瘦劲许多。[11] 此说有待商榷。据荆州黄有志先生介绍，楚笔笔杆一段被削尖，杆尖约 0.8 厘米，然后再将尖部插入笔头，最后用线缠紧。如此看来，笔锋中间似乎不存在太大的空隙。再者竹简很窄，一般仅有 0.6 厘米，书写时多用笔尖部位，根本无须按压至笔腰部。如果杆尖部分长约 0.8 厘米，则笔头前端还有 1.7 厘米，所以书写时笔锋似乎并不容易散开。由此推测，主要原因恐怕

11　王祖龙：《楚简帛书法论稿》，湖北美术出版社，2016 年，第 192 页。

在于楚笔锋长腰细的特点，使得楚简线条比秦简秀美瘦劲。

其二，战国南方楚地毛笔具有锋长腰细、笔杆细小[12]的特点，杆长 22 厘米，笔径多为 0.4 厘米，锋长 2.5 厘米左右，而且多为劲健的兔箭毫。见下表：

毛笔	左家公山 M15 楚笔	九店 M13 楚笔	包山 M2 楚笔
笔径	0.4 厘米	0.3 厘米	0.4 厘米
锋长	2.5 厘米	2.4 厘米	2.5 厘米

12 笔杆多为 0.4 厘米，唐代鸡距笔笔杆约为 1.5 厘米。

可见，楚简线条流动飘逸，弧曲劲健，浪漫妖娆，别具品格，如等，应该说与楚笔之“锋”的良好性能有着密切关系。[13]此外，由于书于质地坚密、墨难渗入的竹简，因此健毫更容易表现出弹性弧曲的线条，这是受书写材质的影响。这种锋长腰细的特性对鸟虫篆的形成有重要影响。《成之闻之》《性自命出》等鸟虫特色，中丰首尾锐的体势，部分笔画盘迂周旋，装饰性较强，如果不是细腰的长锋笔，是难以表达出来的。

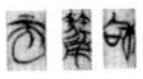

13 王祖龙：《楚简帛书法论稿》，湖北美术出版社，2016 年，第 192 页。

当然，我们不能忽视捆绑形制毛笔的局限。所以说楚地毛笔锋长腰细的特性才是影响楚文字风格的重要原因，而非其捆绑形制。楚人华藻秀丽的审美偏好反过来又影响着毛笔形制的发展。短锋的表现力则适合表现厚重的直线，而不善于表现富有弹性的弧曲线条，这种形制慢慢就被淘汰了。

二、秦笔不是平头笔，或用披柱法

对于秦笔，福田哲之特别指出江村治树关于“睡虎地秦简的文字因为像是用笔尖平钝之笔所写出的文字，可能是用平笔系的笔所写成，所以睡虎地秦简中的方折样式因秦国特有之笔所形成”的观点。由此说来，秦国可能因秦笔的使用，或“只使用秦笔”，而造成有别于楚简的“柳叶形”圆弧线条样式，即使书手不同，也因使用同样特性的笔而产生相似的板状线条与方折笔画。[14]

14 文章还认为“《青川木牍》与《睡虎地秦简》的文字在字形与样式两方面十分接近，几乎难以辨认出时代差距一事来推测，秦国在战国中期以前严格实施国家主导的文字统治，秦笔的使用可能是其具体的手段，具有重要的意义”。福田哲之着，佐藤将之、王琇雯合译：《中国出土古文献与战国文字之研究》（台北市，万卷楼，2005 年 11 月），第 170—171 页。

1975 年湖北云梦睡虎地 M11 秦墓出土毛笔 3 支。竹杆上端削尖，下端略粗半而成毛腔。其中 60 号毛笔杆长 21.5 厘米，杆径 0.4 厘米，毛腔里的笔毛长约 2.5 厘米；68 号毛笔杆长 20.9 厘米，杆径 0.35 厘米，笔毛已朽，均配有笔套。[15]

15 《云梦睡虎地秦墓》编写组：《云梦睡虎地秦墓》，文物出版社，1981 年，第 26 页。

1989 年甘肃天水放马滩 MI 秦墓出土毛笔 1 支。竹质，笔长

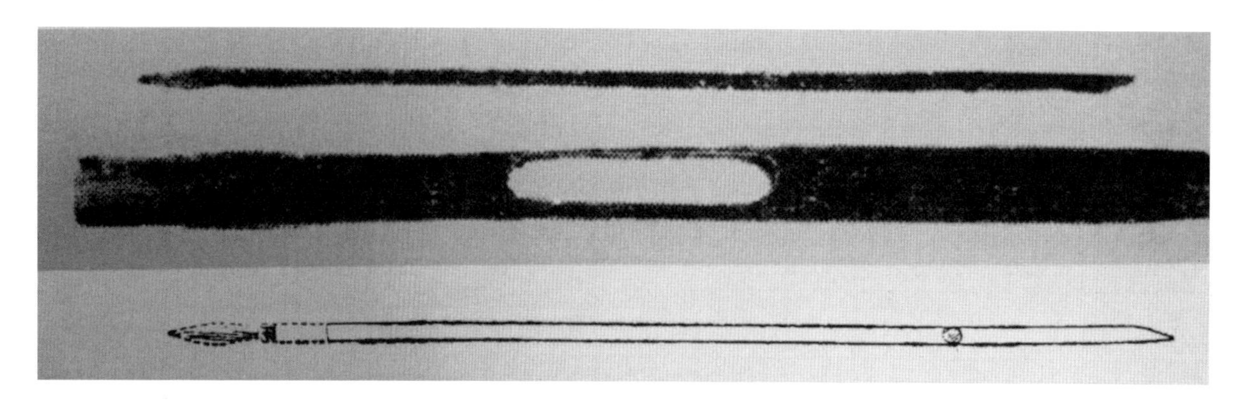

睡虎地 M11 秦墓出土毛笔及复原图

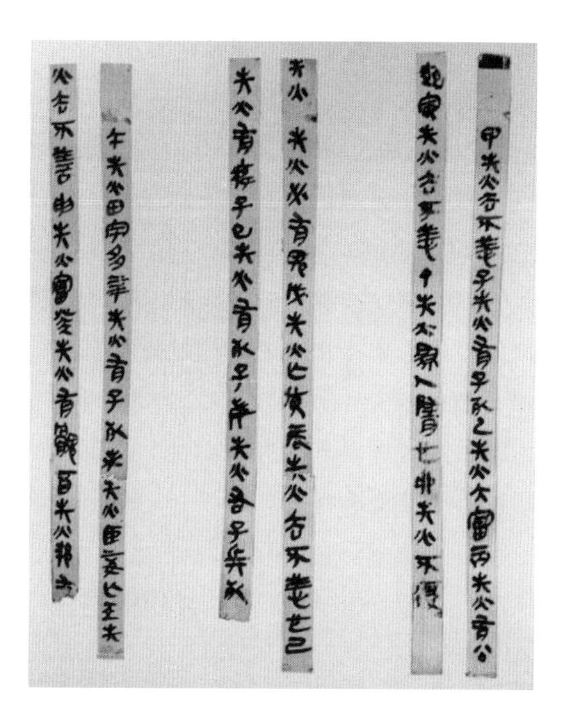

睡虎地 11 号秦墓简 249—251

25.5 厘米，笔毫长 2.5 厘米，入杆筒 0.7 厘米，鉴定为狼毫笔，配双筒笔套。M14 秦墓亦有出土毛笔。[16]

根据上述材料，秦笔多将笔毛插入空腔或者用木瓣夹住，所以笔心结实，腔外出毛相对较短，书写时自然沉稳厚重，如不老音兵等。显而易见，出土秦笔笔头比较尖锐，秦使用平头笔的观点，似不妥。风格即人，秦人比较封闭，文化落后，作风务实，继承了宗周书风，其书风比较质朴、方整，这是最重要的原因。另外，我们或许可以从制作方式与兽毛材料甚至书写载体木牍的角度来探究一番。

16　甘肃省文物考古研究所、天水市北道区文化馆：《甘肃天水放马滩战国秦汉墓群的发掘》，《文物》1989 年第 2 期，第 8—9 页。

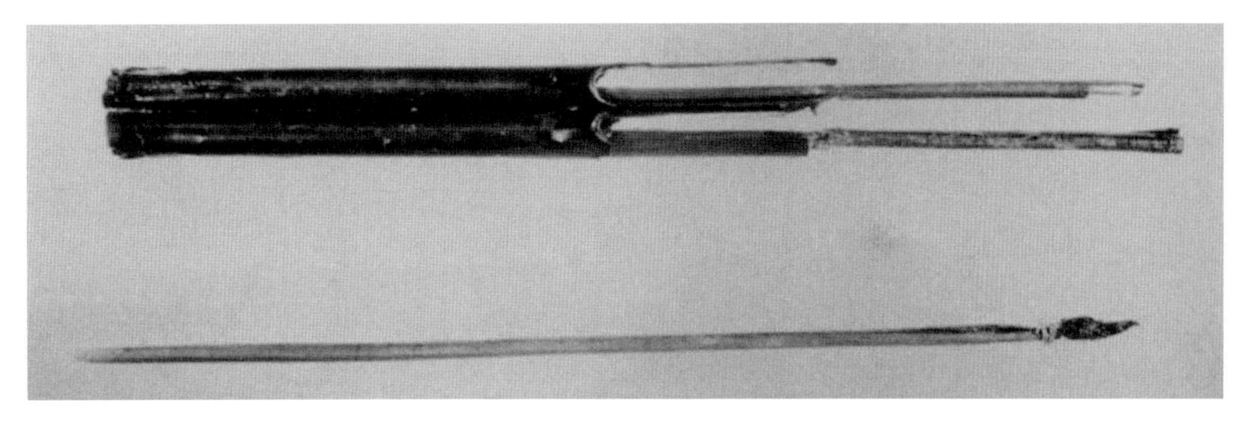

天水放马滩秦墓出土毛笔

秦笔使用披柱法，后被蒙恬改良并发扬推广。从蒙恬造笔的记载或许可以得到一些启发。据崔豹《古今注》载：蒙恬之为笔也，以柘木为管，鹿毛为柱，羊毛为被。亦非谓兔毫竹管也，则笔不始于蒙恬明矣。或恬所造精于前人，遂独擅其名耳。[17] 可见，蒙恬用木杆、鹿毛和羊毛制笔，不同于南方常见的兔毫竹管毛笔。而且蒙恬或许改良或创造了披柱制笔法。所谓披柱法，是选用较坚硬的毛为笔心，形成笔柱，外围覆盖以软的毫毛做成披毛，以加强吸水性能。鹿毛为柱，羊毛为被也就是披柱法。由此，可侧面了解西北地区秦笔制作的方式。西北地区有木无竹，这也是就地取材的好办法。鹿毛的弹性次于狼毫，更比不上兔毫。加之，外披羊毛而成兼毫笔，因此笔锋不如楚笔劲健。这个特点是不容忽视的。或以为书写材质多用木牍也是秦简书风形成的一个重要原因。秦简牍笔画多为顿压起笔，线条圆润厚重，笔画形态常显质朴内敛。当然这与木简木牍类书写载体也有关系。木牍多取于松、杨、柳树，木质比竹质疏松得多，墨更容易渗入木纤维中，因此顿笔、转折及收笔处往往会有轻微的涨墨，线条显得比较肥厚，起、收笔的锋颖也容易被掩藏，书于缯帛者情况与此相近，这也是比较重要的原因。[18] 不过，睡虎地出土了大量的秦简，多数为竹简，书风则仍然为沉稳厚重的秦风，所以我们需要更全面、客观地考虑材质的影响。

17 赵翼：《陔余丛考（二）》（学术笔记丛刊），中华书局，2006 年，第 369—370 页。

18 丛文俊：《中国书法史：先秦、秦代卷》，江苏教育出版社，2002 年，第 296 页。

三、汉代毛笔短锋的特点

披柱兼毫笔的形制使得笔锋具有短直径较粗的特点，这和西北出土的汉笔特点相符。

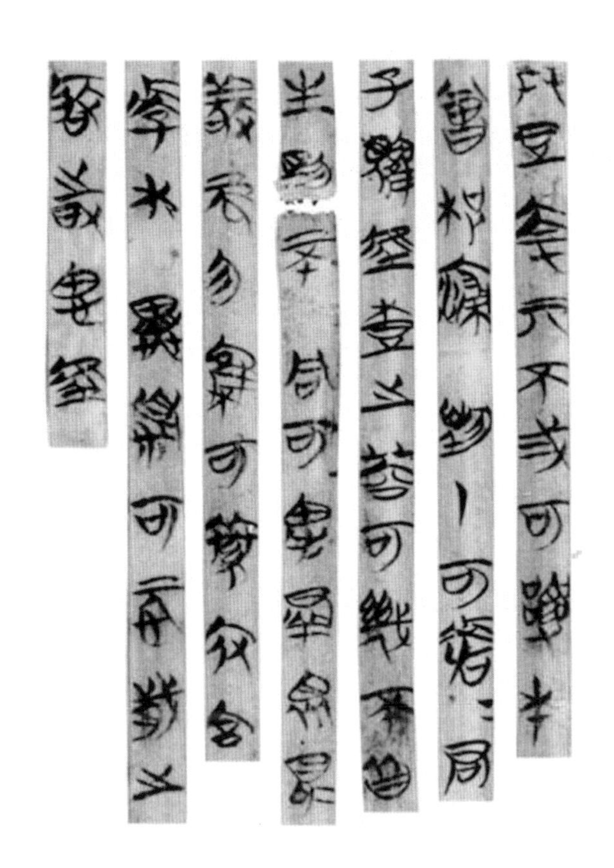

上博简《李颂》局部

1978 年山东临沂银雀山 M11 汉墓出土毛笔 1 支。竹质，实心末梢斜削，直径 0.6 厘米，笔杆长 23.8 厘米，全长 24.8 厘米，一端有孔，插入笔毛，笔毛长 1 厘米，上有墨迹，出土时插在笔套内。

1931 年内蒙古居延汉遗址破城子出土毛笔 1 支。木质，笔长 23.2 厘米，笔杆长 20.9 厘米，笔毫露出部分为 1.4 厘米，笔杆端剖成 4 瓣，笔头插入其中，用麻线缚住，麻线呈黄白色，外边涂黑漆加固，杆径为 0.65 厘米，笔杆另一端削尖，杆径约 0.5 厘米，笔毫上存有墨迹，毫锋呈白色。[19]

1979 年甘肃敦煌马圈湾汉边塞遗址出土毛笔 1 支。实心竹质，笔长 19.6 厘米，杆径 0.6 厘米，笔毫为狼毫，残长 1.2 厘米。[20]

1997 年江苏连云港尹湾 M6 汉墓出土毛笔 2 支。竹质，粗细各一支，其中细者除局部开裂外，其余保存较完好，笔长 23 厘米，纳毫处 0.7 厘米，笔毫露出部分约 1.6 厘米，杆径 0.7 厘米，向后渐细末端杆径 0.3 厘米，并削尖成锥形。[21]

据上述考古资料可知，西北地区或北方汉代毛笔锋短一些，

19　马衡：《记汉居延笔》，《国立北京大学国学季刊》第 3 卷第 1 期，1932 年，第 67—72 页；又《凡将斋金石丛稿》，中华书局，1977 年，第 276—280 页。

20　甘肃省文物考古研究所：《敦煌马圈湾汉代烽燧遗址发掘报告》，《敦煌汉简》，中华书局，1991 年，第 63 页。

21　连云港市博物馆、中国社会科学院简帛研究中心、东海县博物馆、中国文物研究所：《尹湾汉墓简牍》，中华书局，1997 年，第 165 页。

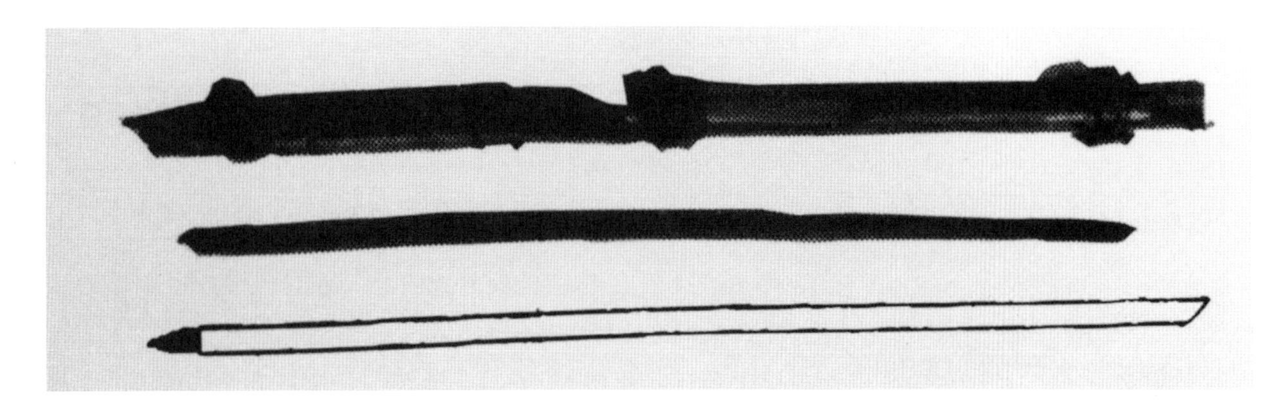

银雀山 M11 汉墓出土毛笔及复原图

居延汉遗址破城子出土毛笔

甘肃敦煌出土的汉笔

连云港尹湾 M6 汉墓出土毛笔

笔径也相对粗一些。

毛笔	内蒙古居延汉笔	敦煌马圈湾汉笔	金雀山 M11 汉笔
笔径	0.65 厘米	0.7 厘米	0.6 厘米
锋长	1.4 厘米	1.2 厘米	1 厘米

可见，汉代毛笔或继承了披柱法，毛笔具有锋短腰粗的特点，由此我们也许可以从侧面了解一些秦笔的信息。

综上所述，所谓“天有时，地有气，材有美，工有巧，合此四者，然后可以为良”[22]。由于气候差异，动物的生长具有较强的区域性，因此古代手工艺大多就地取材，从而形成了制作的差异。楚笔的形制具有多样性，或为捆绑于笔杆外面，或为纳入笔杆空腔，或为瓣夹式，秦笔大致相似。其差异在于，楚笔多用兔毫而秦笔多用兼毫如鹿毛、狼毫与羊毫等。总之，毛笔材料、形制对于楚、秦书风的影响不可忽视。

22 〔汉〕郑玄注,〔唐〕陆德明音义:《周礼》卷十一，南宋刻本。

对早期篆隶书法名实的思考

孙玉才

卫恒《四体书势》云：“隶书者，篆之捷也。”郭沫若先生在《古代文字之辩证的发展》一文中说：“隶书和篆书的区别何在呢？在字的结构上，初期的隶书和小篆没有多大的差别，只是在用笔上有所不同。例如，变圆形为方形，变弧线为直线，这是最大的区别。”[1] 裘锡圭先生既把马王堆遣册上的字称为“古隶”，又称它“草率的小篆”。陈松长先生在《“隶书”名义考辨》一文中说：“我们也许可以这样认为：篆书是铭刻之书，隶书是用笔书写之书，两者最初差别并不是字体的差异，而主要是文字的载体和文字制作工具不同，从而形成各自字体的差别。这方面已有很多学者从不同的角度提出了许多颇有理据的全新见解。台湾艺术大学的林进忠教授就从古代识字书的角度切入，引证大量的汉简识字书的字体材料来证明：秦简文字就是秦篆。”[2] 靳永先生在《书法研究的多重证据法》一书中谈及篆书与隶书，提出了“小篆、古隶‘一体二用’说”。他指出：“小篆与古隶乃是‘一体二用’……它迥异于小篆和古隶的‘父子’关系说和‘兄弟’说，具体来讲，‘一体’是说小篆与古隶在构形理据上没有什么区别，它们实际上是一种字体。‘二用’是说这两者分别有不同的使用范围和场合；不同的使用范围和场合又决定了它们不同的面目。小篆是在古隶的基础上，加以工艺美术的美化而成，古隶是手写体，小篆是美术字。”[3]

笔者经过学习、对比和思索，认为陈松长和靳永两位先生的说法是目前最具说服力的学说。也就是说，小篆、古隶为同一书体，在使用时两者才形成了差别。小篆、古隶的“一体二用”说，在研究书体演变中具有重要意义。

从早期书法辨析秦简即为“秦篆”或“小篆”

中国文字的书写从上古时期经过结绳、图画、契刻等，到

1 郭沫若：《古代文学之辩证的发展》，《考古学报》1972年第1期，此文后被收入《郭沫若集》，被国内外不少期刊转载。

2 陈松长：《“隶书”名义考辨》，《书法研究》2016年9月刊第3期，第42页。

3 靳永：《书法研究的多重证据法》，齐鲁书社，2008年。

了已被发现的卜辞甲骨，算是有了孕育过程和发端。甲骨文已有“六书造字”的规律，故而被称为有着语言功用的书法。其实，“甲骨文”这种称谓，如同大篆、小篆、古隶、今隶、楷书等一样，都是人们在其诞生后的很长时间才“定名”的。譬如“小篆”，在人们的印象中，是秦朝大一统后“书同文”出现的字体，好像秦朝就有了“小篆”的称谓，真实情况却绝非如此。西汉太史令司马迁《史记·秦始皇本纪》或《李斯列传》中皆没有出现“小篆”或篆书的词语。《秦始皇本纪》中云“车同轨”“书同文字”，《李斯列传》中说“明法度，定律令，皆以始皇起。同文书”。两处皆无“小篆”之说。可见在西汉司马迁时代，篆书和小篆之名及隶书之名都没有出现。到了东汉的著作中，如班固《汉书·艺文志》、许慎《说文解字·序》才谈到了小篆。“罢其不与秦文合者”“皆取史籀大篆，或颇省改，所谓小篆者也”，意即这种字体就是当今的“小篆”。所以，我们可以确信，秦至西汉并没有“小篆”之称，那时的书法并无固定的名义和称谓。

这正符合华夏初以象形为主的文字形态，到了卜辞甲骨状态乃至铸金文字，象形的胎制未脱，经过纷繁复杂的“隶变”过程，经过较长时间的“篆隶混沌期”，隶书的形态渐而出现。但是，秦国（不是秦朝）便有了“青川木牍”（图 1），继而有了“睡虎地秦简”（图 2），“放马滩秦简”（图 3）等，它们都是战国时的遗存，都出现在后来人们定名的“小篆”之前。此足以证明“小篆”晚于“秦简”，且“小篆”早已蕴藏于“秦简”和“大篆”之中了。所以，我们称“小篆”之前的秦国简牍书法为“秦篆”或“古隶”“秦隶”都是可通的。而通常所言的“小篆”，是始皇命李斯“书同文”时的一个举措的产物。有的专家认为，始皇不仅统一了篆书，而且统一了隶书，最大的贡献是统一了隶书并能够使之发展，是颇有道理的。[4]

再从“青川木牍”和“睡虎地”“放马滩”秦简的形态上而言，简文其实是以小篆书写为主的，夹杂有隶书的形态与用笔。这几种简牍集北方的浑厚与南方的灵秀为一体，书写率意，笔画简省，字形多样，章法不拘一格。与“小篆”比，它们是“小篆”的手写体；如与汉简中的居延简（图 4）比，其用笔、字法等均有着很大的差别。可以认为，李斯后来“书同文”时整理“小篆”，不仅从“大篆”中吸收了基本成分，更从秦简（秦篆手写体）乃至南域文字中得到了承继与书写养分。

4　秦始皇“书同文”以隶书为主，这是不少专家的结论。如吴白匋先生根据睡虎地秦简等，便得出了这种结论。其著作有《从出土秦简帛书看秦汉早期隶书》（《文物》1978 年第 2 期）。“小篆不是秦代日常使用的字体”、李斯小篆和隶书没有渊源关系等结论，则是徐无闻先生的观点，其文《小篆为战国文字说》，见《徐无闻文集》，文物出版社，2003 年。

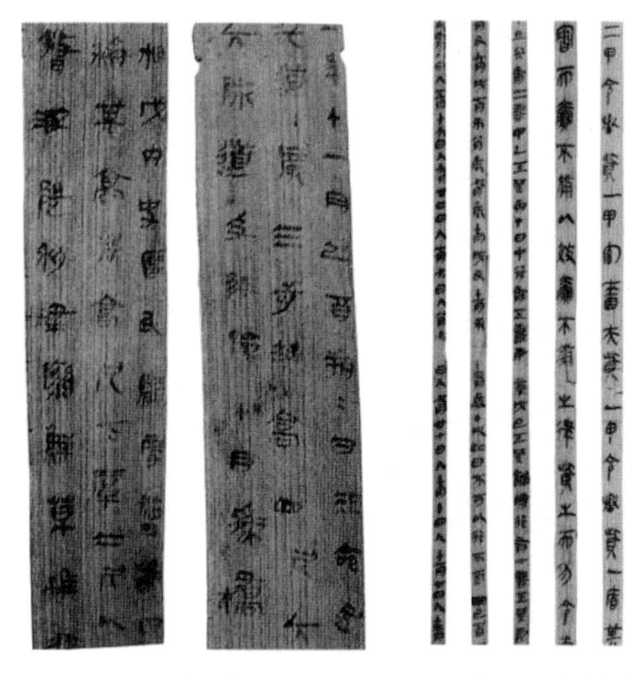

图 1　青川木牍　　　　图 2　睡虎地秦简

图 3　放马滩秦简　　　　图 4　居延汉简

书法的“体”与“用”和“小篆、古隶一体二用学说”

中国文字的书写由于历史悠久，变化繁杂，故而“名”与“实”“体”与“用”成为研究中的一大难点。东汉许慎在《说文解字·序》中将秦代书写归为“八体”(大篆、小篆、刻符、虫书、摹印、署书、殳书、隶书)，也是后人对秦代书写的总结。靳永先生在《书法研究的多重证据法》中指出："本来秦代日常书写的文字只有一种，即睡虎地秦简或里耶秦简上的古隶书。这种书体刻在国家诏令上，叫做'小篆'；刻在虎符上，叫做'刻符'；写在幡信上，故意屈曲笔画，叫做'虫书'；用来刻印章，叫做'摹印'；写在封检上，叫做'署书'；刻在兵器上，叫做'殳书'。这种古隶书是'实'，是'体'，而因为'一体多用'，产生了'一实数名'。"这种观点已被书学界部分研究者所接受，用于理解书体演进中的"体与用""名与实"问题，无疑是一把不可多得的"钥匙"。也就是说，秦乃至先秦人只是用一种"体"在进行书写和交流，这种字体是从甲骨卜辞和铸金文字中渐变而来。从出土的遗存实物中可以看出，无论是铸文、摹印、石刻、虎符、诏版、兵器等上面的文字，还是竹简、木牍上的文字，其字形原理和源流关系均无二辙，细察只是变换了写法和书写介质（材料）与用途的不同而已。尽管先秦没有规范出秦朝时的"小篆"，但那时"小篆"已经蕴含在大篆之中。对于大、小篆的关系，赵平安先生在《隶变研究》一书中做了简明而地道的说明："大篆是春秋时期到战国早期秦系的通用文字，它是就一个阶段的文字而言。小篆是就一种字体特征而言。在大篆早期，其中有些字的写法就和小篆相同，以后小篆的成分不断增多，表明小篆在大篆的母体中孕育壮大。但这时的小篆还不是通用文字，只是大篆的组成部分。因为它是大篆的成分，可以称之为大篆；又因为它和后世的小篆相同，也可以称之为小篆。古隶在大篆的后期才开始出现，是大篆内部长期演变的结果。"[5]

5 赵平安：《隶变研究》，河北大学出版社，2009年，第9—10页。

可见在李斯统一小篆之前，别于大篆的写法（亦应称之为小篆）就已流行。我们现在可以欣赏到的秦简，其写法称之为"小篆"或"秦篆"并无不妥。可以认为，在后人明确地称之为"小篆""古隶"的秦系文字中，那时的古人只是应用"一体"（我们权称之为"古隶体"）书写在不同的材质和场合上，这种"用"可以"多用"，使书写的形态愈加丰富，东汉许慎只是由"一体"称之为"数体"而已。

靳永先生曾用不小的篇幅论述"小篆、古隶一体二用说"，既讲到了"篆"字的源流，又讲到了书体的"体""用"关系和"名""实"关系，还谈到了《说文解字》一书的不同朝代的版本，又进行了"小篆"与简帛书的比较，等等，充分论证了"小篆""古隶"乃为"一体"，形态的不同根源于用途的不同。从中人们不难看出，运用这种“一体二用”的理论，“像睡虎地秦简上的文字，就是秦代的小篆，只是他们因为出于手写，形态与刊刻的美术体不同而已。秦代并无篆隶之名，“书同文”大概只有字样、字书颁行，谈不上是‘篆’还是‘隶’”。

“小篆、古隶一体二用说”在“隶变”研究中的直接意义

“小篆、古隶一体二用说”之本质，是对小篆与隶书继承关系说，即“父子关系”说和“兄弟关系”说的扬弃，而直接将两者看成“一体”。由于秦或先秦并无书体定名，故而在其用法和材质等方面的条件决定了书写上的不同。这种学说是否会否定书史上的“隶变”之说？当然不是。相反，这对于我们清醒地进行“隶变”研究，会有其直接而重要的意义。

“古隶体”“小篆”系同一字体，它是从甲骨文和金文中演变而来。这里所言“小篆”而非李斯统一的“小篆”（李斯只是规范了书写，被后人定名为“小篆”），是指流行于战国秦国的“小篆”，是相对于金文“大篆”而言。据此，我们可以如此理解：先人在共同进行着甲骨文和钟鼎文，自然还有“古文”（图5）的改造，由于世事与战争的需要，书写便捷和简省成为“约定俗成”。于是“小篆”在漫长的岁月里逐而萌出。加之工具、介质的特点与场合的需要，笔画的变圆为折，起始笔触的重笔等，“古隶体”的形态慢慢出现。这些皆源于“手写”的特点与衍延。公元前309年秦国的“青川木牍”，是目前发现的最早的秦简，其本质上是人们在进行着“小篆”的“手写”，也悄然进行着篆书的简省。这说明此种书体既是“篆”，又是“古隶”，它及其后的秦简实物，是“隶变”发端的产物与证据。“隶变”现象不仅存在，而且比人们原来推断的要早，由“篆”而“隶”的演变，称之为“隶变”，在“小篆、古隶一体二用说”中亦得到了强有力的说明。比“青川木牍”再上溯百余年的“侯马盟书”（图6），是春秋晚期的玉片墨书（多为朱红色），为大篆形态，与秦简有着很大的不同，是最早的手写大篆体实物。两者比较，加上与楚简（图7）中的手写体相较，人们已可隐约看出大篆至古隶的演变痕迹。此又说明，钟鼎金文至“手写篆书”（“小篆”，亦称“古隶”）之间，已经开始“隶变”的萌发。还是前文所言，只是逐渐产生了一个书体，且源于“大篆”金文“手写”的进行。

图5　带有古文的“三体石经”

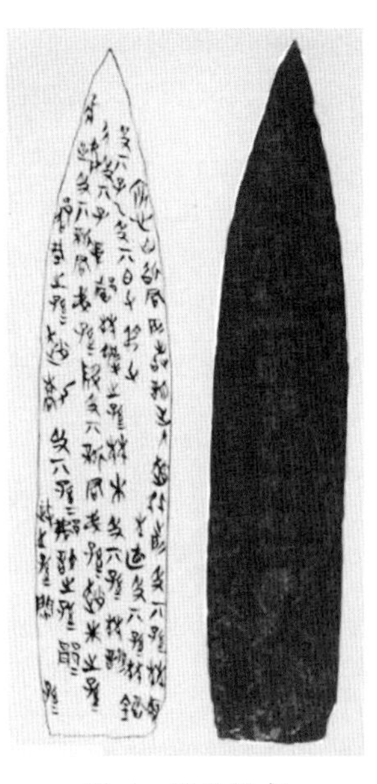

图6　侯马盟书

图7　楚简文字

书体的演化，均是在“名”“实”交织中，特别是“一体多用”的状态下向前推进的。其中“手写”与“草化”、规范与突变等因素起着至关重要的作用。“隶变”发展至“八分”，只是其阶段性的完成。从“大篆”到东汉的“八分”(学界普遍认为规范的隶书为“八分”书)，经过了春秋晚期至东汉的桓帝时期，时间约为六百年，孔庙的“乙瑛碑”立起，标志着“八分隶书”(清人称为“分隶”)的成熟，亦是隶书美术化倾向的呈现。“隶变”是繁复的，又是错综交叉进行的。如陆锡兴先生在《论汉代草书》一文中说：“隶变是指汉字由古文字向今文字，亦即篆文向隶书、楷书的转变。隶变是一种文字体制上的变革，引起汉字在字形字义等各个方面的变化，在字形上的变化尤为明显。”[6] 他将隶变现象看成书法演变的一个大的过程，认为由篆而楷的形成才是“隶变”的完成，东汉“八分”的出现只是“隶变”的一个阶段。根据这种观点，“隶变”的后期演变至楷书的过程，更是一个更加繁杂的过程。史上不仅早有“草篆”之说，更有“手写篆书”所带来的“一体二用”或“一体多用”，形成的书体更加丰富多样。如隶书的书写中要打破体势的束缚，于是在篆变隶的过程中逐渐有了草势，而草篆和草隶经过规范的过程，变成有规律的章草。其实这便是“一体多用”作用的结果。这种变化绝非单一，而是随之出现的早期今草的形态，即去掉波磔雁尾的过程。在这种穿叉交互的进程中，书写被进一步规整，于是楷书的胎样渐出，也就是说，楷书不仅仅

6　陆锡兴：《汉代简牍草字编》，上海书画出版社，1989年，第18页。

但在楚简中，一方面，对于同一个字，不同书手可能有不同的书写习惯，例如“我”字，郭店《老子甲》的书手写作“[illegible]”[19]而清华《尹诰》书手则写作“[illegible]”[20]，字形差异不可谓不大；另一方面，对于不同的字，同一书手在自身的书写系统里会有所区分，但是可能在不同的书手间则会发生混同，例如“天”与“而”字，甲书手所写的“天”字会与乙书手所写的“而”字同形[21]。因此，将不同书手间的文字进行简单比附，有时并不合适。一般认为，郭店简《语丛（一、二、三）》为同一书手所写；《成之闻之》《尊德义》《性自命出》《六德》为同一书手所写[22]；上博简《孔子诗论》《鲁邦大旱》《子羔》为同一书手所写；《性情论》简1—3为同一书手所写，简4—40为同一书手所写；《曹沫之陈》为同一书手所写；《季庚子问于孔子》为同一书手所写；《用曰》为同一书手所写；《凡物流形》甲本简1—11、12a、13b、14、15（第1—23字）、16、18、25（第1—24字）、26、28为同一书手所写，简12b、13a、15（第24—30字）、17、19—24、25（第25字—简末）、29、30为同一书手所写；《凡物流形》乙本为同一书手所写；《成王既邦》简1、3、5—8、10、11、14、15为同一书手所写，简9、12、13、16为同一书手所写，简4为一书手所写，简2为一书手所写[23]；清华简《子产》通篇来看，当为同一书手所写；《邦家之政》通篇来看，亦当为同一书手所写。兹将同一书手所写的A字与“民”字列表对比如下（此表尽量收取同一书手不同篇目的字形，同篇内字形相同者不复收）。

A	民
 24  25  26  27  28	 29
 30  31	 32  33  34
 35  36	 37  38
 39 40  41	 42  43
 44	 45  46
 47	 48  49  50  51

9 陈剑：《甲骨金文旧释“尤”之字及相关诸字新释》，《北京大学中国古文献研究中心集刊》第4辑，北京大学出版社，2004年，第74—94页。又，陈剑：《甲骨金文旧释“尤”之字及相关诸字新释》，《甲骨金文考释论集》，线装书局，2007年，第59—80页。陈剑先生对A字下半部分的分析可从。

10 张富海：《汉人所谓古文之研究》，线装书局，2007年，第154页。

11 李春桃：《传抄古文综合研究》，吉林大学博士学位论文，2012年，第710页。又，氏著：《古文异体关系整理与研究》，中华书局，2016年，第341页。

12 黄德宽主编：《战国文字字形表》，上海古籍出版社，2017年，第1637页

13 湖北省文物考古研究所，北京大学中文系：《九店楚简》，中华书局。（以下简称《九店》）M56.16。

14 《九店》，M56.41。

15 《九店》，M56.46。

16 《九店》，M56.47。

17 《九店》，M56.49。

18 马承源主编：《上海博物馆藏战国楚竹书（一）》，上海古籍出版社，2001年。《孔子诗论》简22。（《上海博物馆藏战国楚竹书（一）》，以下简称《上博一》）

19 荆州市博物馆：《郭店楚墓竹简》，文物出版社，1998年。（以下简称《郭店》）《老子甲》简32。

20 李学勤主编：《清华大学藏战国竹简（壹）》，中西书局，2010年。《尹诰》简02。

21 参看李守奎、肖攀：《清华简〈系年〉文字考释与构形研究》，中西书局，2015年，第23页；张峰：《楚文字讹书研究》，吉林大学博士学位论文，2012年，第207—208页，又，氏著：《楚文字讹书研究》，上海古籍出版社，2016年，第347—348页。

22 参看刘传斌：《郭店竹简研究综论（文本研究篇）》，吉林大学博士学位论文，2010年，第126—131页，又，氏著：《郭店竹简文本研究综论》，上海古籍出版社，2017年，第255—265页。

23 参看李松儒：《战国简帛字迹研究——以上博简为中心》，吉林大学博士学位论文，2012年，又，氏著：《战国简帛字迹研究——以上博简为中心》，上海古籍出版社，2015年。

24 《郭店》，《语丛一》简88。

25 《郭店》，《语丛三》简10。

26 《郭店》，《语丛三》简44。

27 《郭店》，《语丛三》简41。

28 《郭店》，《语丛二》简5。

29 《郭店》，《语丛一》简68。

30 《郭店》，《尊德义》简17。

（续表）

A	民
52	53 54 55 56
57	58
59	60
61 62	63
64	65
66 67	68 69

表一

由表一可见，所有书手在自身的书写系统内，A 字的上部与“民”字的上部都是严格区分的，虽然战国时人不见得一定了解其构形来源，但从各个书手在自身书写系统内两字的严格区分情况来看，他们是不把 A 上部所从与“民”字认同为一个构件的。唯一的例外是上博简《性情论》中简 22 的“民”字上部作三歧的“屮”形，与同篇 A 字头部相同，但是此篇简 10、11、12 均有 A 字，上作三歧的“屮”形，因而此后所写的第一个“民”字即简 22 的“民”才会受此影响而类化[70]，此篇在此之后所有的“民”字皆作“ ”这类头部不分歧的正常形体。并且现在所见材料皆为“民”字上部有作三歧的“屮”形，而从未见 A 字作正常的“民”字之形，若此字所从确为“民”字，在文字尚未固化定形，而正处于活跃阶段，新旧并存的战国时期，不应未见一例从正常形体之“民”。推测九店简等上作三歧“屮”形的“民”字，当是受到“鹿”“鹰”“桼”，甚至 A 字的类化影响。

李零先生对照传抄古文“敏”字，认为上引传抄古文以及 A 从“敏”字[71]。战国文字中，“民”“鹿”“鹰”“每”等字，本就形体接近，在传抄古文中更加形体变异，很难据此断定形体来源，但是李家浩先生所引传抄古文与楚简 A 字的联系是显而易见的，A 字也是显然不从“敏”的，况且上文所引注 9 陈剑先生文亦明确指出

31 《郭店》,《性自命出》简 17。
32 《郭店》,《成之闻之》简 1。
33 《郭店》,《尊德义》简 1。
34 《郭店》,《性自命出》简 5。
35 《上博一》,《孔子诗论》简 28。
36 《上博二》,《子羔》简 5。
37 《上博一》,《孔子诗论》简 4。
38 《上博二》,《子羔》简 3。
39 《上博一》,《性情论》简 10。
40 《上博一》,《性情论》简 11。
41 《上博一》,《性情论》简 12。
42 《上博一》,《性情论》简 22。
43 《上博一》,《性情论》简 23。
44 马承源主编:《上海博物馆藏战国楚竹书（四）》，上海古籍出版社，2004 年。（以下简称《上博四》）《曹沫之陈》简 11。
45 《上博四》,《曹沫之陈》简 5。
46 《上博四》,《曹沫之陈》简 35。
47 马承源主编:《上海博物馆藏战国楚竹书（五）》，上海古籍出版社，2005 年。（以下简称《上博五》）《季庚子问于孔子》简 9。
48 《上博五》,《季庚子问于孔子》简 2。
49 《上博五》,《季庚子问于孔子》简 11。
50 《上博五》,《季庚子问于孔子》简 15。
51 《上博五》,《季庚子问于孔子》简 20。
52 马承源主编:《上海博物馆藏战国楚竹书（六）》，上海古籍出版社，2007 年。（以下简称《上博六》）《用曰》简 18。
53 《上博六》,《用曰》简 4。
54 《上博六》,《用曰》简 11。
55 《上博六》,《用曰》简 14。
56 《上博六》,《用曰》简 20。
57 马承源主编:《上海博物馆藏战国楚竹书（七）》，上海古籍出版社，2008 年。（以下简称《上博七》）《凡物流形》（甲本）简 14。
58 《上博七》,《凡物流形》（甲本）简 2。
59 《上博七》,《凡物流形》（乙本）简 10。
60 《上博七》,《凡物流形》（乙本）简 2。
61 马承源主编:《上海博物馆藏战国楚竹书（八）》，上海古籍出版社，2011 年 8 月。（以下简称《上博八》）《成王既邦》简 1。
62 《上博八》,《成王既邦》简 3。
63 《上博八》,《成王既邦》简 15。
64 李学勤主编:《清华大学藏战国竹简（陆）》，中西书局，2016年4月。（以下简称《清华陆》）《子产》简 21。
65 《清华陆》,《子产》简 02。
66 李学勤主编:《清华大学藏战国竹简（捌）》，中西书局，2018 年 11 月。（以下简称《清华捌》）《邦家之政》简 05。
67 《清华捌》,《邦家之政》简 08。
68 《清华捌》,《邦家之政》简 06。
69 《清华捌》,《邦家之政》简 09。
70 笔者在抄录楚简时对此深有体会，

“又”与“目”相组合的“旻”字与西周金文的联系，而并非“又”与A字上部相组合为“敏”。

单育辰老师认为A字还是从鹿头，他的原始字义是鹿的花纹之“纹”，无证[72]。刘波女士则认为A字头部从“鳫”[73]，但语音的区隔仍可商榷。

另外，安徽寿县蔡侯墓出土一残钟，铭文残泐不堪，其中有一字凡七见，施谢捷先生摹本作“、、、、、”形[74]，另有一字未摹，此字陈斯鹏先生摹作“”[75]，有学者根据辞例将、读为“文”[76]。按照摹本，此字七见中，六字头部均有“”形，对比金文“民”字，未见有这种形体，而同时期楚系的金文一般作“”[77]“”[78]形，余一字头部与“民”字相似，此字读法未确定，若亦为A字，可能是由于残泐，抑或是受到“民”字影响误书、讹混。

因而关于此字，还是有继续探讨的空间。这里我们也提出一个推测，A字上部所从可能是“麋鹿”之“麋”的象形初文之省，甲骨文有字，即从网从麋省，表示以网捕获麋的会意字[79]；或理解为和“麋”字头部演变序列相同的“眉”字。“麋”字在甲骨文中主要有如下形体：

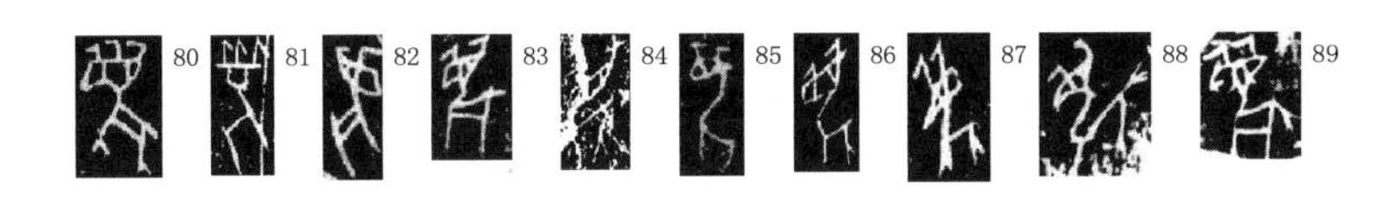

甲骨文从“麋”之字：

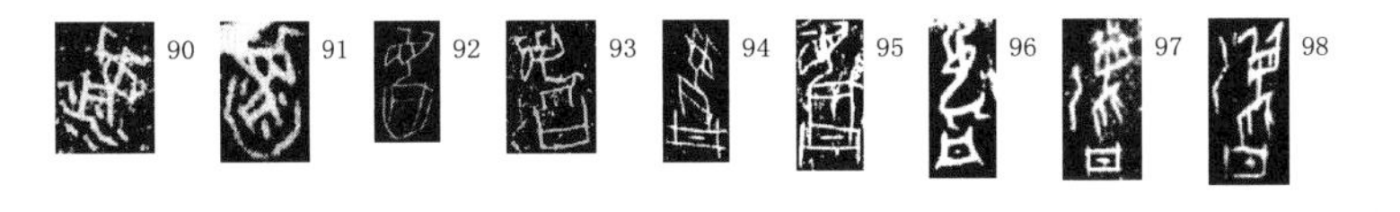

金文所见“麋”字：

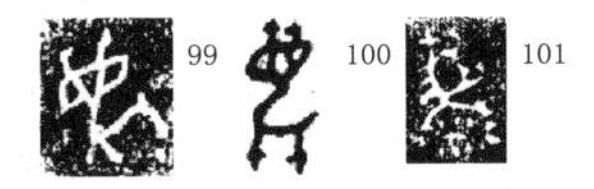

其他材料所见“麋”字：

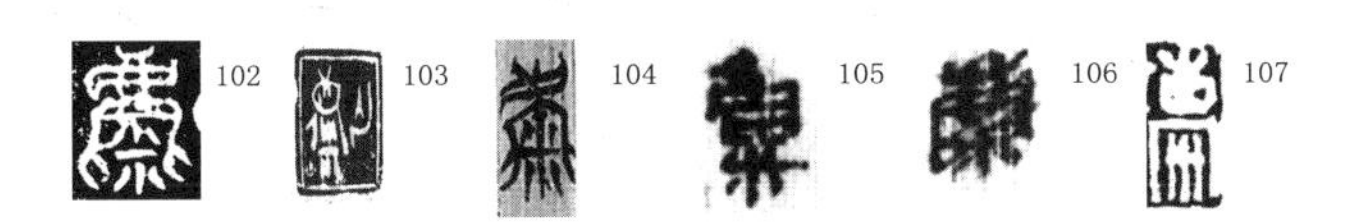

“麋”字甲骨文上从“眉”，既可表音，又能表意，于省吾先生称之

有时抄录简文并非全神贯注，目视一字后，下笔时常常会受到之前所抄录文字的影响，形成惯性，顺手便添加笔画，写成之前所抄录过的构件、字形。

71 李零：《郭店楚简校读记（增订本）》，北京大学出版社，2002年，第53—55页；又，李零：《郭店楚简中的“敏”字和“文”字》，《古文字研究》第二十四辑，中华书局，2002年，第389—391页。

72 单育辰：《楚地战国简帛与传世文献对读之研究》，吉林大学博士学位论文，2010年，第47页。又，氏著：《楚地战国简帛与传世文献对读之研究》，中华书局，2014年，第52页。

73 刘波：《说楚文字中的“鳫”与“慶”》，《中国文字研究》第十六辑，上海人民出版社，2012年，第80—84页。

74 施谢捷：《吴越文字汇编》，江苏教育出版社，1998年。

75 曾宪通：《古文字与出土文献丛考》，中山大学出版社，2005年，第160页。

76 程鹏万：《安徽寿县蔡侯墓出土残钟铭文中可以读为“文”的字》，《出土文献与古文字研究》第四辑，上海古籍出版社，第89—92页。

77 中国社会科学院考古研究所编：《殷周金文集成》，中华书局，1984年。（以下简称《集成》）261.2。

78 吴镇烽：《商周青铜器铭文暨图像集成续编》，上海古籍出版社，2016年。（以下简称《铭续》）31039。

79 刘桓：《释罘》，《殷契存稿》，黑龙江教育出版社，1992年，第77页。

80 郭沫若主编：《甲骨文合集》，中华书局，1978年—1983年。（以下简称《合》）10372。

81 《合》10377。

82 《合》10349。

83 《合》10350。

84 中国社会科学院历史研究所编：《小屯南地甲骨》，中华书局，1980年。（以下简称《屯南》）641。

85 《合》26899。

86 《合》28789。

87 《合》37461。

88 《合》10366。

89 《合》10360。

90 《合》14755正。

91 《合》787。

92 《合》5579。

93 《屯南》2626。

94 《合》7363。

95 《合》17074。

96 《合》27883。

97 《合》27964。

98 《合》27964。以上“麋”及从“麋”之字甲骨文形体皆引自单育辰老师为“具有部分表音的独体象形字”[108]，上举前两例金文形体与甲骨文一脉相承，也当为“麋”，但是上部“眉”形已不像甲骨文那么突出明显，整体更趋独体象形化。最后一例金文以及其他东周材料中的“麋”上部则已经完全类化为“鹿”字，又加注“米”声以相区别。

西周早期铜器中有一簋，器盖同铭，器内底的铭文字形明显更加端正，而盖内的字形则比较潦草，想必盖内的铭文字形更为接近当时日常书写的形态。其中有两“眉”字，字形如下：

[109]（盖内） 
[110]（器内底）

器内底的“眉”字作同时期的一般形体，而盖内的“眉”字上部则已经演化为三歧的“屮”形。并且像[111]、[112]这种形体，演化为[113][114]头部这类形体也是非常直接的，“麋”字与“眉”字上有从三毛之形，有从二毛之形，亦可对应A字上从三歧之形与二歧之形。蔡侯墓残钟[115]这种形体，头部则更像是“眉”字[116]、[117]这类形体顶部横画相连而成，亦受到“戲”字[118]影响。从[119]这种形体来看，“麋”“鹿”的形体类化（特别是在偏旁中）从西周晚期以前就已经开始了，到西周晚期则几乎完全类化。“鷹”字的头部在东周时期也产生了这种类化的形体，但在金文这种较严肃正式的文字载体上，也仍存在保留有较原始形体的字形，“民”字应该也是受到这类形体的影响，出现了上从二歧或三歧的形体。详可参表二。

字形 时代	A	麋	鹿（或从鹿）	鷹（或从鷹）	民
商、西周早中期		[120] [121]	[122] [123]	[124] [125]	[126] [127]
西周晚期		[128]	[129]	[130] [131]	[132]

《甲骨文所见动物之“麋”》，《出土文献》第四辑，中西书局，2013年，第108—114页。
99 《集成》8813。
100 刘雨、卢岩：《近出殷周金文集录》，中华书局，2002年。（以下简称《近出》）901。
101 《集成》3995。
102 郭沫若：《石鼓文研究　诅楚文考释》，科学出版社，1982年，第165页（石鼓文·田车）。
103 罗福颐：《古玺汇编》，文物出版社，1981年。（以下简称《玺汇》）0360。
104 李学勤主编：《清华大学藏战国竹简（贰）》，中西书局，2011年。（以下简称《清华贰》）《系年》简57。
105 陈伟主编《秦简牍合集（壹）》，武汉大学出版社，2014年。（以下简称《秦壹》）《封诊式》52。
106 《秦壹》，《法律答问》81。
107 《玺汇》3519。
108 于省吾：《释具有部分表音的独体象形字》，《甲骨文字释林》，中华书局，1979年，第439页。
109 《集成》4238.1。
110 《集成》4238.2。
111 中国社会科学院考古研究所编：《殷周金文集成》，中华书局，1984年。（以下简称《集成》）8813。
112 《近出》901。
113 《郭店》，《语丛一》简88。
114 《郭店》，《语丛三》简10。
115 施谢捷：《吴越文字汇编》，江苏教育出版社，1998年。
116 《合集》19044。
117 《集成》2831。
118 《集成》261。
119 《集成》3995。
120 《集成》8813。
121 《近出》901。
122 《集成》1110。
123 《集成》4112.1。
124 《集成》7228。
125 吴镇烽：《商周青铜器铭文暨图像集成》，上海古籍出版社，2012年。（以下简称《铭图》）05301。
126 《集成》6014。
127 《集成》2837。
128 《集成》3995。
129 《集成》4116.2。
130 《集成》2836。
131 《铭续》0951。
132 《集成》4317。

（续表）

字形 时代	A	麋	鹿（或从鹿）	鹰（或从鹰）	民
东周	133 134 135 136 137 138 139	140 141 142 143 144 145	146 147 148 149 150	151 152 153 154 155 156	157 158 159 160 161 162 163

表二

表中东周时期数字的头部皆有从二歧、三歧之形，若不考虑偏旁限制关系、书手个人的书写区分习惯、辞例等其他因素，但靠从二歧、三歧的头部已经很难区分到底为何字了。可能在战国时人的心目中，“麋”字的来源以及“麋”“鹿”两字象形部分的形体差异就已经不甚清楚了。不过从原始构字的角度来看，A字所从可能就是“麋”字（或径省为“眉”）象形初文，其在A字中演变为所谓的“鹿头”，演变轨迹当与“麋”字相同。

语音方面，“文”属明纽文部，“麋”“眉”属明纽脂部，声纽相同，韵部旁对转，文部与脂部相通之例亦不为少。《礼记·大学》：“一国贪戾。”郑玄注：“戾或为吝。”吝从文声属文部，戾属脂部；《文选·七发》：“使先施、征舒、阳文、段干、吴娃、闾娵、傅予之徒。”李善注：“先施即西施也。”“先”属文部，“西”属脂部；《书·皋陶谟》：“月严祗敬六德。”“祗”，《史记》夏本纪作“振”。又《礼记·内则》：“祗见孺子。”郑玄注：“祗，或作振。”《易·未济》：“震用伐鬼方。”吕祖谦音训引晁氏曰：“震，《汉名臣奏》作祗。”《左氏春秋·宣公十一年》：“楚子、陈侯、郑伯盟于辰陵。”“辰陵”，《谷梁传》作“夷陵”。《易·恒》：“振恒。”“振”，

133 《郭店》,《语丛三》10。
134 李学勤主编:《清华大学藏战国竹简(陆)》，中西书局，2016年。(以下简称《清华陆》)《子产》简21。
135 《上博七》,《凡物流形甲》简14。
136 《郭店》,《语丛三》简44。
137 《郭店》,《尊德义》简17。
138 《上博四》,《曹沫之陈》简11。
139 施谢捷:《吴越文字汇编》，江苏教育出版社，1998年。
140 郭沫若:《石鼓文研究 诅楚文考释》，科学出版社，1982年，第165页(石鼓文·田车)。
141 《玺汇》0360。
142 《清华贰》,《系年》简57。
143 《秦壹》,《封诊式》简52。
144 《秦壹》,《法律答问》简81。
145 《玺汇》3519。
146 郭沫若:《石鼓文研究 诅楚文考释》，科学出版社，1982年，第139页(石鼓文·吾车)。
147 湖北省荆沙铁路考古队:《包山楚简》，文物出版社，1991年，第179页。
148 河南省文物考古研究所.《新蔡葛陵楚墓》，大象出版社，2003年，第352页。
149 《上博六》,《天子建州》(乙本)简10。
150 《清华贰》,《系年》简4。
151 《集成》3635。
152 《集成》10372。
153 马承源主编:《上海博物馆藏战国楚竹书(九)》，上海古籍出版社，2012年。《陈公治兵》简11。
154 《上博一》,《缁衣》简5。
155 《上博七》,《凡物流形》(乙本)简19。
156 李学勤主编:《清华大学藏战国竹简(肆)》，中西书局，2013年。《筮法》简61。
157 《集成》4315。
158 《铭图》02425。
159 《郭店》,《老子甲》简30。
160 《郭店》,《忠恕之道》简2。
161 《九店》，M56.41。
162 《上博八》,《颜渊问于孔子》简7。
163 《上博二》,《从政》(甲篇)简8。

《说文》“楮”字条引作“楮”。张守节《史记》正义引《逸周书·谥发解》：“治典不杀曰祁。”“祁”，《独断》作“祈”，云：“一曰震。”以上“祗”“夷”“楮”“祁”皆为脂部，“振”“震”“辰”皆为文部；《玺汇》0360 有学者释为“麋亡”，视其为联绵词，亦即典籍中之“文莫”“黾没”“忞慔”“侔莫”“黾勉”“密勿”“民农”“谋面”“闵勉”“茂明”“晚密”“僶勉”“罔莫”“文农”等[164]，则“麋”与“忞”“文”之“文”声相通。

在战国文字中，至今未见确定的“眉”以及从“眉”之字，秦简中有从“须”从“目”之字，应该是“眉”的后造会意字，或借“麋”为“眉”。甲骨文中的“蔑（ ）”“𤸎（ ）”等字，所从为眉加一人形的独体字，此字至今尚无定说[165]，其眉形演变到战国时期，一般作“ ”或“ ”这类“犄角”形，与上述A字以及“麋”字不同，但考虑到“麋”字、“眉”字以及“ ”字是各自作为一个独体字演变的，所以可能分属不同的演变序列。《玺汇》3693 第一字以及《山东新出土古玺印》[166]159 第二字，现在一般释为“麋”，上亦为“犄角”形，若确为“麋”字，则此字正为两个演变序列的杂糅形体，两玺皆为齐玺，这种演变状况可能与系别有很大关系。

顺带一提，甲骨金文中有一个从“文”从“鹿”或“麋”的字（以下用B表示）以及从B的字：

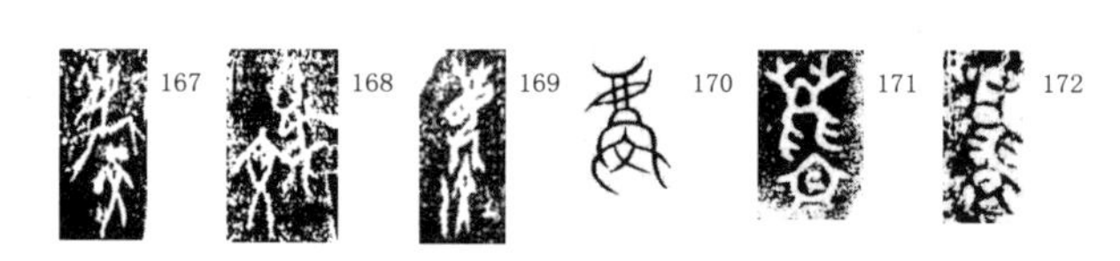

前两例在辞例中均指具体的动物，第一例是从“麋”的，可视为两声字；第二例是从“鹿”的，辞例为“白麐”。加注“文”，可能一方面表音，另一方面也可表意，突出强调麋、鹿的花纹、颜色（白色）等属性，B与“麋”音通，则A从麋省，或亦可表意。甲骨文中以某种动物为意符，常常是实指这种动物的，此字若确能与后世之“麐”“麟”“麐”对应，而不是恰巧的同形字，则颇疑其原型并非具体某一种动物，而是指一种或颜色（白色），或角，或花纹等有异变特征的麋、鹿类动物，除上引甲骨中之“白麐”，先秦两汉典籍中也常常是“白麟”，并且又有“质文”“五彩”等描述。但因为典籍对其记载真真假假、虚虚实实，历来说法众多，实难定于一说。金文中B字延续从“鹿”，古文字中一般使用频率低的意符慢慢会被使用频

164 肖毅：《“麋亡”印释》，《中国文字》新廿六期，艺文印书馆，2000年，第177—181页。

165 可参苏建州：《释战国文字中的几个“蔑”字》，《古文字研究》第三十辑，中华书局，2014年，第290—295页；谢明文：《说𤸎与蔑》，《出土文献》第八辑，中西书局，2016年，第15—29页。

166 赖非主编：《山东新出土古玺印》，齐鲁书社，1998年2月。
167 《合集》36836。
168 《合集》36481正。
169 《合集》36835。
170 《集成》270.2。
171 《集成》4581。
172 《集成》12088。

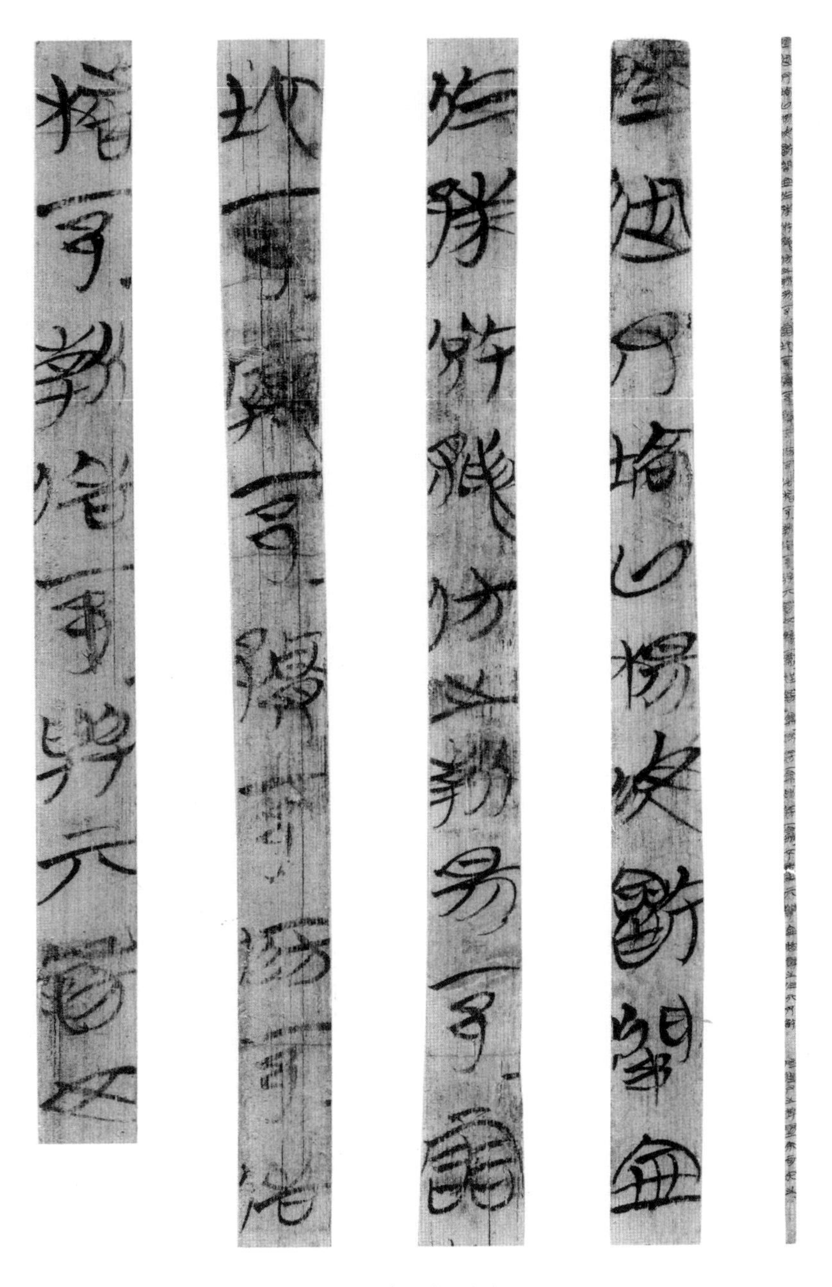

包山楚简（局部）

率高的意符所取代，且东周时期，“麋”象形的字形又已经完全类化为鹿。

A字尚找不到更早的形体来源，蔡侯墓残钟字形难辨，又找不到楚简之外的其他系别、载体的文字材料作为参照，这里仅提出一点疑问和推测以供学界继续探讨。

导师作品

丛文俊 1949年生于吉林省吉林市。吉林大学古籍研究所教授、博士生导师，中国书法家协会理事、篆书专业委员会副主任，西泠印社社员。

斗方《论书札记》

東坡次韻子由論書詩跋

學書須知其為何物事非僅一技也已所謂之通其意匪謂自然陰陽天地萬物並書盡意象之道也且取之以象人之品格學養操韻其內涵之廣博內容有能會通者兩芸芸衆生工於技輒自足曾不知問道之理於今尤甚前賢以謂字如其人蓋心畫所係習書者亦宜自重自愛也坡公復云吾聞古法書字險莫如跛世俗筆苦驕衆中強嵬騀足以警醒世人矣

炎漢之簡牘帛書出土甚富變化亦多縣之肖文化舞馳及社會大衆多類遺迹不得皆以民間品位視之其時既久分布亦廣品寓者衆啟自漢四百餘年並古隸八分草不數體楷行之萌生極古今之變其上可以溯至戰國之世下則延至魏晉六朝之變之閱鑰不可不知也三十餘年前余曾涉獵今已所積至出矣奈何

己亥孟春于嘯還齋之後文俊並識

陈松长 1957年生于湖南新化。湖南大学岳麓书院教授、博士生导师，湖南大学中国简帛书法艺术研究中心主任，西泠印社社员。

空山新雨後天氣晚來秋明月松間照清泉石上流竹喧歸浣女蓮動下漁舟隨意春芳歇王孫自可留

条幅《王维诗》

客路青山外行舟綠水前潮平兩岸闊風正一帆懸海日生殘夜江春入舊年鄉書何處達歸雁洛陽邊

小品《王湾诗》

刘绍刚 1958年生于山东济南。中国文化遗产研究院研究员，古文献研究室主任，兼任山东大学历史文化学院博士生导师，中国书法家协会书法培训中心教授，中国艺术研究院、中国篆刻艺术院研究员。

大風起兮雲飛揚 威加海內兮歸故鄉 安得猛士兮守四方

横幅《刘邦诗》

陈斯鹏　1977年生于广东澄海。中山大学中文系教授、博士生导师、中华传统文化研究中心主任，中国文字学会理事，青年长江学者，西泠印社社员，中国书法家协会会员。

斗方《明辨笃行》

陈文明 1972年生于湖南临湘。湖南师范大学美术学院副教授、中国书法家协会会员、湖南省书法家协会何绍基书法研究会秘书长。

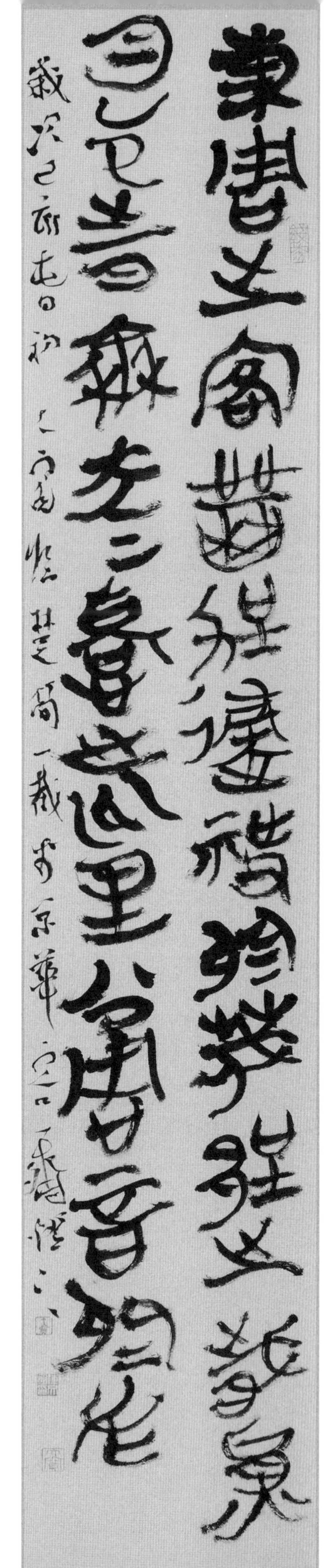

条幅《临楚简》

对联《庭小山静》

朱友舟　1973年生于湖南岳阳。南京艺术学院美术学院教授、中国书法家协会会员。

对联《黄卷白云》

陈阳静 1984年生于湖南浏阳，博士。河北美术学院书法学院院长、中国书法家协会会员。

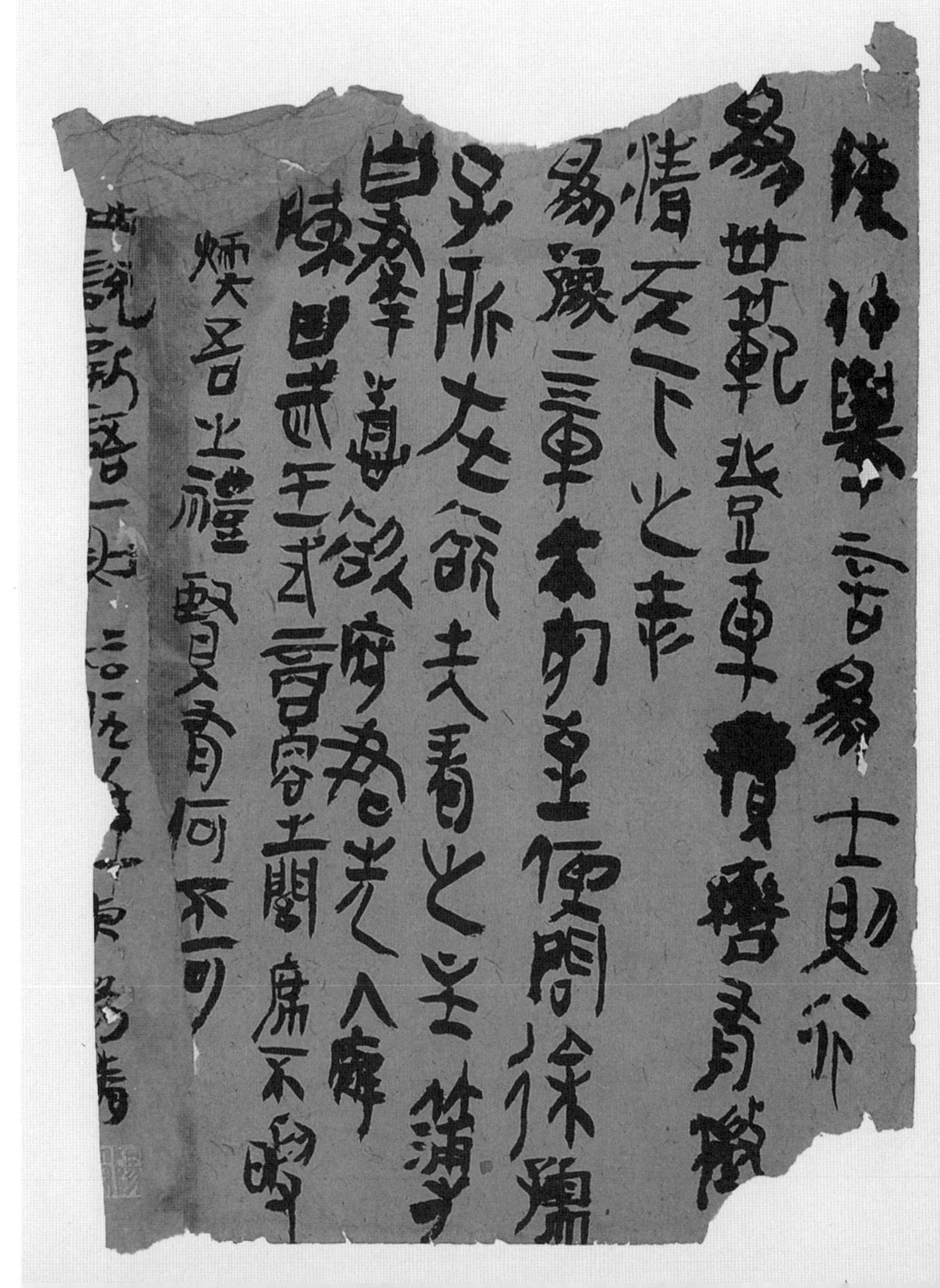

尺牍《〈世说新语〉节录》

大江东去浪淘尽千古风流人物故垒西边人道是三国周郎赤壁乱石穿空惊涛拍岸卷起千堆雪江山如画一时多少豪杰遥想公瑾当年

小乔初嫁了雄姿英发羽扇纶巾谈笑间强虏灰飞烟灭故国神游多情应笑我早生华发人生如梦一尊还酹江月

东坡念奴娇赤壁怀古

二〇一九、夏三月陈[illegible]

尺牍《苏轼词》

問道學藝

凤舞九天·楚简研创

凤舞九天

——楚简帛书法发展与研创略述

许敬峰

自1942年湖南长沙子弹库发现战国楚帛书以来，又先后在湖南、河南、湖北等地发现了二十多批战国简，由于出土在战国时期楚国故地，习惯上我们称之为楚简。楚简的大规模发现，揭开了战国时期楚地墨迹书法的神秘面纱，具有极高的学术和书法价值。目前，楚简研究已成为显学，被公认为自甲骨文发现之后的第二次出土文献研究的高潮，同时也引发了众多书法家的热切关注，纷纷投入楚简书法的创作中来。许多楚简作品在全国性书法展中入展、获奖，全国第八届书法篆刻作品展就有四件楚简帛书作品获奖，书坛一度出现“楚简热”现象。

一、战国楚简帛书的出土概况及其书法艺术

(一)战国楚简帛书的出土概况

战国楚简帛书是中国书法史上迄今发现最早的成体系的手书墨迹。我国已出土楚简二十余批，共计二万三千余枚，总字数在十万字以上，单字已在4500字以上。记载的内容极其丰富，涵盖楚人的思想、文学、历史、政治、经济、生活等方方面面。现就战国楚简帛书的出土概况列举如下：

1. 长沙子弹库楚帛书，1942年在湖南长沙市子弹库战国楚墓中盗掘出土。楚帛书是目前出土最早的古代帛书，对研究战国楚文字以及当时的思想文化有着重要参考价值。该帛书长47厘米，宽38.7厘米，墨书，字体为楚国晚期文字，共计九百余字。

2. 长沙五里牌楚简，1951年10月至1952年2月，中国科学院考古研究所对长沙东郊五里牌战国中期古墓进行了发掘清理工作。在编号为M406号楚墓中，出土竹简38枚。简长2—13.2厘米，宽约0.7厘米，墨书于竹黄面，最多的一枚简上写有6字，

少的只写有 1 字。

3. 仰天湖楚简，1953 年 7 月出土于湖南省长沙市南郊仰天湖的战国楚墓中，共 43 枚，其中较完整的简为 19 枚。简长 20.2—21.6 厘米，宽 0.9—1.1 厘米，每简文字 2—21 字不等，两道编绳，内容为记录随葬物品的遣策。

4. 杨家湾楚简，1954 年 8 月出土于长沙市北郊杨家湾 6 号战国晚期楚墓中，共 72 枚，简长 13.5—13.7 厘米，宽约 0.6 厘米，两道编绳。竹简保存比较完好，但有些简文漫漶不清，只有 37 枚简的文字较清晰。

5. 长台关楚简，1957 年 3 月在河南信阳长台关 1 号楚墓出土，共 148 枚竹简。该批简按保存情况分两组，其中一组均为断简，有 119 枚，残存四百七十余字。残简长者 33 厘米，宽 0.7—0.8 厘米，三道编绳，墨书于竹黄面，属典籍，其中有记载申徒狄和周公谈话的短文；另一组竹简较完整，有 29 枚，简长 68.5—68.9 厘米，宽 0.5—0.9 厘米，两道编绳，先编后写，内容为遣策。

6. 望山楚简，1965 年冬至 1966 年春出土于湖北江陵望山 1 号和 2 号楚墓，共出土 272 枚竹简，竹简残损严重。望山 M1 号墓年代约为战国中后期，该墓出土 207 枚简，简文内容为卜筮记录。望山 M2 号墓共存 66 枚简，书有 925 字，其中单字 251 个，重复字 674 个，内容为遣策。

7. 藤店楚简：1973 年 7 月出土于湖北省江陵县藤店一座战国中期墓葬中。墓中出土了残损严重的竹简 24 枚，共写有 47 字，残简最长的 18 厘米，宽约 0.9 厘米，内容为遣策。

8. 曾侯乙墓楚简：1978 年 3 月在湖北省随县（今随州市）曾侯乙墓发掘出土。共二百四十余枚竹简，简长 72—75 厘米不等，宽约 1 厘米，上下两道编绳，先编后写。每简写有二十七字左右，总计 6696 字，记载了用于葬仪的车马以及车上配件、武器、甲胄和驾车的马、木桶等，内容为遣策。

9. 天星观楚简：1978 年 1 月至 3 月在湖北省江陵县天星观 1 号楚墓出土，共七十余枚，简长 64—71 厘米，宽 0.5—0.8 厘米，两道编绳，写有四千五百余字，其中内容可分为卜筮祭祷记录和遣策两部分。其墓葬年代在公元前 340 年前后。

10. 临澧楚简：1980 年在湖南临澧县九里 1 号战国楚墓中出土，共一百余枚，保存状况较差，其内容大致为遣策。

11. 九店楚简：1981 年至 1989 年间，湖北省博物馆江陵工作站在江陵县九店发掘了东周墓葬596座，其中在56号、621号墓出土了竹简。56号墓共出竹简205枚，其中较完整的有35枚，简长46.6—48.2厘米，简宽0.6—0.8厘米，每简所书字数不等，总字数约二千七百字，简文内容可分为与农作物有关的及日书两部分。621号墓共存竹简127枚，都已残断。

12. 常德夕阳坡楚简：1983年冬在湖南省常德市德山夕阳坡2号楚墓中出土了两枚竹简；一枚简长约67.5厘米，宽约1.1厘米，写有22字；另一枚长约68厘米，宽约1.1厘米，写有32字。简文前后衔接，是一篇记载楚王给臣下赏赐岁禄的诏书。

13. 包山楚简：1986年11月至1987年1月在湖北省荆门市十里铺包山楚墓出土，共488枚竹简，其中写有文字的简278枚，总字数12472字，简长55—72.3厘米，宽0.6—1厘米。竹简的内容丰富，可分为文书简、卜筮祷简、遣策三大类。

14. 秦家咀楚简：1986年5月至1987年6月，湖北省荆沙铁路考古队在湖北江陵秦家咀发掘了49座楚墓，其中在1号、13号墓分别出土竹简7枚、18枚，内容皆为卜筮祭祷记录；99号墓出土竹简16枚，内容可分为两类，一类是卜筮祭祷记录，另一类是遣策。

15. 慈利楚简：1987年五六月间，在湖南省慈利县石板村发掘了一批战国、西汉墓葬。其中第36号墓是规模最大的一座战国墓葬，墓中出土竹简一千余枚，竹简残损严重，清理后残断为4557片。内容为记事性古书，主要记载吴、越两国的史事。

16. 郭店楚简：1993年10月，在湖北省荆门市郭店村发掘的1号楚墓中出土了竹简804枚，竹简保存较完整，其中有字的竹简七百三十余枚，写有一万三千多字。内容包含多种古籍，儒家著作有《缁衣》《穷达以时》《成之闻之》《鲁穆公问子思》等16篇，道家著作有《太一生水》和《老子》甲、乙、丙三种抄本。

17. 上博楚简：1994年初，上海博物馆从香港文物市场购得两批战国楚简，共一千六百余枚。内容涉及《孔子诗论》《缁衣》《性情论》等八十多种战国古籍。

18. 新蔡楚简：1994年5月，河南省文物工作者在驻马店市新蔡县抢救性发掘了平夜君成墓，墓中出土竹简计一千五百余枚，内容可分为两类：一类是墓主人生前的占卜祭祷记录，另一类是记录随葬物品的遣策。

19. 清华简：清华大学于2008年8月入藏两千余枚战国竹简，其时代属战国中期偏晚。这批简内容涉及许多失传古佚书。

20. 安大简：安徽大学于2015年1月入藏的一批战国早中期竹简，共1167个编号。内容涉及经学、史学、哲学、文学和语言文字学等领域，包括《诗经》、孔子语录和儒家著作、楚史、楚辞以及相术等方面作品。

(二)战国时期楚简帛书书法综述

战国是我国历史上诸侯争霸、社会动荡、战乱频仍、思想活跃的一个重要时期。战国时期的文字呈地域性分布的特征十分显著，即便是地处宗周故地的秦国文字，也顺应文字发展的潮流向简约流便的方向发展，但由于深受周文化的影响，还较为忠实地继承了西周文字的传统。裘锡圭先生在《文字学概要》一书中言："秦国的俗体比较侧重于方折、平直的笔法改造正体，其字形一般跟正体有明显的关系，虽然不是对正体没有影响，但是没有打乱正体的系统。"[1]其他各国又大体呈楚、晋、齐、燕诸系并进的格局。其中尤以奇诡神秘、恣肆浪漫的楚系书法最为突出。

1 裘锡圭：《文字学概要》，商务印书馆，1988年。

由于楚国历史久远，在其扩张崛起的过程中吞并与其接壤的国家众多，独特的人文地理环境和外来文化的交融渗透等诸多因素，使战国时期楚简帛书的书风面貌多元化倾向十分明显。这为研究战国时期楚简帛书法带来了很大的困难。但如果仔细审视的话，我们还是可以梳理出战国时期楚简帛书法的脉系与规律的。需要特别指出的是，由于战国时期楚简帛书法的地域性特征显著，我们在研究战国时期楚简帛书法时，必须以楚国郢都附近出土的楚简为基点，因此包山和郭店楚墓出土的竹简对研究战国时期楚简帛书法艺术起着关键作用。它们在楚国郢都附近出土，尤其包山楚简的内容为大量的文书档案和随葬遣策，能反映出当时楚人真实的日常书写状况，这对界定战国时期楚简帛书艺术风格意义重大。而郭店楚简虽然抄写的是先秦儒道典籍，形体较为端庄，但是在笔法和结构上与包山楚简却保持着高度的统一性，这就和包山简一起从正体、俗书两个方面完整地揭示了楚国郢都附近的主流书法特征。

首先在笔法上，无论是包山简的日常实用俗书，还是郭店简的典籍正体抄写，都始终以"丰中锐末" 的"倒薤"笔法为主流。"倒薤"笔法是一种原始的基本笔法，殷墟出土的陶器和甲骨上的

图 1

图 2

朱书或墨迹使用的就是这种笔法。楚人对这种古老笔法的固守与迷恋，从民族的心理上讲，应该是对未对其分封正名的西周王朝的一种回应，表达了其为殷商旧民身份的倾诉。这种“丰中锐末”的笔法往往尖锋入笔，再迅速下按，最后提笔聚锋尖出。同样为这种笔法的包山和郭店楚简也不尽相同。郭店楚简的内容为儒道两家典籍，因此要求书写的字迹更加清晰、准确、工整，以静态慢节奏书写为主，因此笔法更为端谨规范，笔画中段一般按得都比较粗重，如图 1。包山楚简为日常实用性的抄写，为追求书写效率，书写速度要比郭店楚简快得多。由于快节奏的书写造成笔画中段按的程度较低，中段相较郭店楚简要细，如图 2。另外，在包山楚简中还出现了一定数量的方形的用笔方法，如图 3，这在郭店楚简中是极为罕见的，这主要是由于日常实用性书写节奏加快产生的。方笔在当时是一种具有创新意识的用笔新风，由于占的比例较少，所以并不是战国时期楚简帛书法的笔法主流。湖南长沙诸地由于被楚国兼并较早，因此在笔法上和楚郢笔法基本是一致的，此处不再赘述。

楚郢北面曾国出土的战国早期曾侯乙墓简，在笔法上呈现与楚之“丰中锐末”与三晋“蝌蚪文”笔法交融的现象，如图 4，这是由于曾国地处楚、晋之间特殊的地理位置所决定的。清华简中的《子产》《皇门》《子仪》等作品也属此类情况。只是越到战国晚

图 3　　　　图 4

图 5　　　　图 6

期，方笔占的比例越大，如图 5。

蔡国地处楚郢东北，受齐系书风影响，笔法上呈现楚之“丰中锐末”与齐系方折笔法并重的现象，如信阳长台关简，如图 6；新蔡楚简由于较长台关楚简晚，方折笔法的比例大大增多，如

图 7

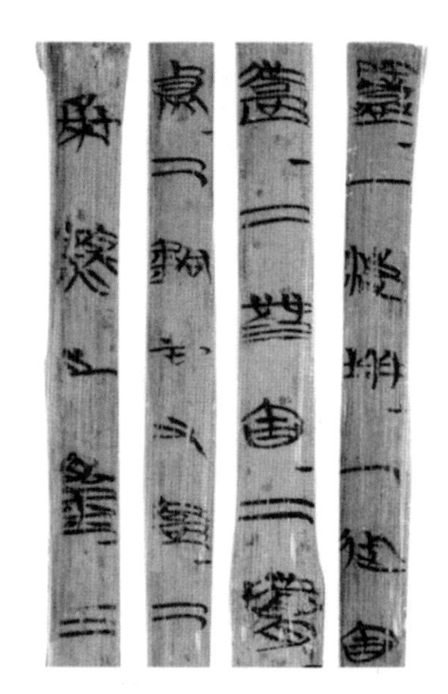

图 8

图 7。同属这类用笔的还有上博简的《性自命出》(图 8)、《周易》《亘先》等作品。

其次是战国时期楚简帛书的弧形笔势与旋转开放型结构。楚地多水，老子贵柔。无论是楚国屈曲盘旋的鸟虫篆，还是包山遣策的日常实用性书写，楚人都以“弧”形笔势表达出他强烈的精神诉求，这和楚国浓郁的巫文化关系密切。丛文俊先生在《春秋战国金文书法综论》中说：“从地理位置与环境来看，楚居群蛮、百濮之间，文化上有较强的封闭性，也可以说地域性历史文化特征比较鲜明，就其性质而言，它是具有浓郁的原始宗教色彩的巫觋文化，神秘奇诡，浪漫潇洒，有着孕育发展独特艺术形式的良好土壤。”[2] 所谓“弧”形笔势，是指每一个笔画都以弧形旋转的方式运行。这样的运笔不仅加快了书写的速度，而且更加有利于情感的发泄，彰显楚人自由、奔放的浪漫情怀，这明显区别于三晋、齐、燕的端直笔势。

弧形笔势旋转的组合，致使宗周方形文字结构的规范破裂，从而演变成以圆点为重心的旋转开放型结构，这是楚人在文字形体结构上的一大创造，也是楚人凤舞九天的精神图式和老子回环往复、周流不止的浑圆之境思想的形象诠释。包山、郭店和湖南出土的楚简基本上都是以这种旋转开放型的圆形结体为主导的，而曾侯乙墓简是以圆为主、圆方之间的结构呈现的，信阳长台关楚简则以长方为主，可能是受齐系结体影响过重造成的。

2 丛文俊:《春秋战国金文书法综论》,《中国书法全集·春秋战国金文卷》, 荣宝斋出版社, 1997年, 第3页。

最后，我们看战国时期楚简帛书的章法问题。从目前出土的战国时期楚简帛书现状来看，由于时间太久，编绳已全部腐烂，绝大多数楚简都以单枚竖式的章法呈现。而战国时期楚简帛书章法和所抄载的内容关系非常密切。如郭店楚简由于内容全部为儒道典籍，为庄重起见，章法上字字独立，上下两字之间的空白非常明显。《语丛一》(图 9)、《语丛二》《语丛三》的字距甚至都超过了一个字的高度，章法上显得极其疏朗空灵。清华简和上博简在章法处理上大多属于这种类型。而包山楚简内容全为日常实用性书写，为节省材料、提高效率，字间距一般在半字之内。

战国时期楚简帛书的章法同时也和书手的师承、书写习惯、书写时的心态有着很大的关系。郭店楚简中同样是抄写典籍，《唐虞之道》(图 10) 字间距就紧密多了。上博简中的《淄衣》《容成氏》《彭祖》《吴命》(图 11) 等也是字间距偏小。通过仔细观察，我们会发现这些作品可能是一个或几个同出一门、书风接近的书手书写的，这种上下紧密的章法可能是由于同一师承的原因造成的。包山楚简中也存在这种现象，同为日常实用性书写，但有的简上下字距就非常大，如图 12。但这种现象出现得很少，不影响战国时期楚简帛书章法上典籍疏朗、日用紧密的主流特征。

图 9　　图 10

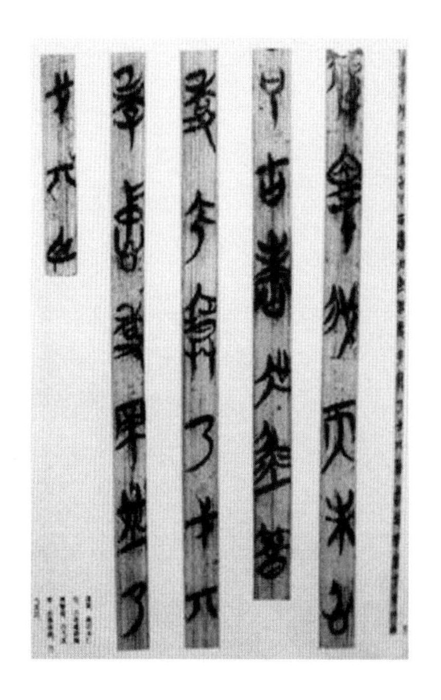

图 11

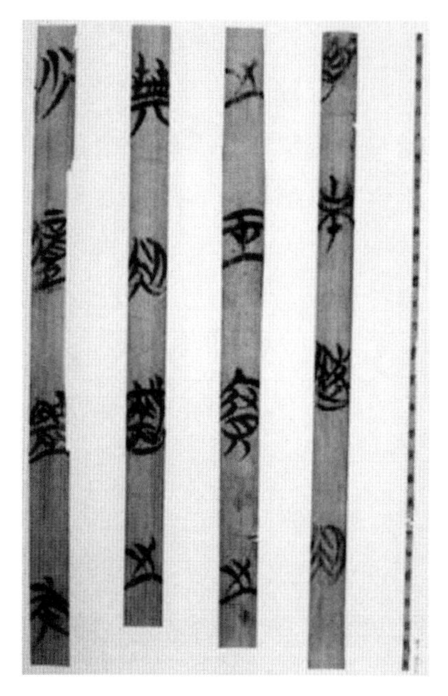

图 12

另外，在郭店楚墓中还出土了一件竹牍。章法上上下左右都非常紧密，有一种密不透风而又浑然一体的美感。长沙子弹库出土了一件战国晚期的帛书，上下字距在一字的高度，左右字距较紧，已经初显汉隶章法的端倪。

二、当代楚简帛书法创作的现状与面临的困境

楚简帛书法诡异多变、自由浪漫、潇洒率性的艺术魅力吸引并激发了当代众多书法家的探索热情。由于河南省出土楚简的时间早，楚简书法资料比较丰富，河南最先出现了一批楚简帛书法的创作队伍，继之，甘肃、山东、湖北、湖南、黑龙江、辽宁等地的很多书家投身到楚简帛书法的创作中来。他们以楚简为基调，或融西周金文以求高古，或借小篆笔意以为俊迈，或用陶文古玺以追浑朴，或参当代笔墨以图奇肆，凡此种种匠心独运而各领风骚。楚简帛书法在全国展中成绩喜人，但是由于楚简帛书出土较晚，楚文字与秦文字区别很大，战国时期楚简帛书法的体系构建还不完善等原因，致使当代楚简帛书法的创作面临很大的困境，主要表现在以下几个方面。

（一）资源式利用和碎片化地汲取，势必造成创作的“美术化”倾向严重，从而无法触及楚简书法的本体实质

由于楚简书面世时间较短，至今战国时期楚简帛书法史体系尚未构建完整，即便是楚简帛书法的风格也是学者各说各话，尚未达成共识，再加上图书资料的匮乏、文物真迹难睹等诸多原因，造成当代书法家在未明战国时期楚简帛书法本体规律的情况下，局部的片面的资源借鉴式地浅层次地创作。当代的楚简帛书法的创作主要是借助工具书上楚简帛字形的艺术再加工，是借楚简帛之形还金文、小篆、行草之魂式的创作，这就造成名义上是楚简帛书法作品，实质上与战国时期楚简帛书法的本体和精神实质关系不大，这种浅尝辄止的创作致使作品的笔法简单化，结构章法流入低层次的“美术化”设计构成层面，这种现象是最为普遍的。

（二）当代展览机制的弊端和书家浮躁的功利之心，碾碎了楚简帛书法玄深精致的哲学与诗性空间

当代各级书法展览过度频繁，社会发展的节奏加快，出人头地的热愿，名利的诱惑等原因，使书法家很难耐得住做学问的寂寞。展厅越来越宏大，作品必然要依靠笔墨的构造和形式制作来制造所谓的视觉冲击力，以造势夺人。这和书写大小只有半厘米左右，用笔尖“无险无风在险峰”纵情挥洒楚人浪漫情怀的战国时期楚简帛书法，无论是使用的工具材料，还是创作的技法体系以及人文哲思的思想关照，从根本上讲都是不一致的。今人否定了楚人“倒薤”古法的两尖之笔，以一个“薄”字无视中国笔法之阴——侧锋的重要存在，急躁心态无视八百年楚国曼妙精湛之墨书，弃巫、道、骚文化思想之精髓如敝履，一味逞强使气，遑论高古。未及象肤以为全象，即得丽椟弃我随珠。雅正荒途，精墨难觅；逐华务虚，智者不耻。

（三）书家对战国楚系文字修养的极度匮乏

由于赛事繁多，时间紧迫，因此大多数书法家在投稿前，利用工具书匆匆集字。由于文字学修养不足，创作内容绝大多数又为历代诗文或书论的抄写，很多在字典中找不到，就借用小篆，或使用隶形，甚至直接用楷书进行拼凑，为文字学家所诟病，落书坛之笑柄。实际上楚、秦文字区别很大，甚至可以说是两种不同的文字体系，楚人在长期的文字使用过程中已经形成了自己的用字规范和使用习惯，再加上文字研究新成果的不断出现，很多早期出版的楚简帛书字典中有许多需勘误之字，使用工具书亦需谨慎。书家既需重艺术，也需重用字，这是由书法是以汉字为载体的根本属性所决定的。

秦简中的『卧底』

——秦简中的楚系笔法现象及其发展

徐舒桐

先秦时期秦系墨书基本是“逆锋起笔”，而楚系墨书基本是“顺锋起笔”。在笔势上，秦系墨书以平直线条和方势转折为主，楚系墨书以弧形线条、圆势转折为主。收笔方面，秦系墨书以“戛止”收笔为主，较为钝圆，楚系墨书以“出锋”收笔为主，较为尖细。

秦于公元前 226 年开始灭楚战争，前 223 年楚国灭亡，而里耶秦简牍最早纪年是前 222 年（秦王政二十五年），可见秦文字入侵楚国的效率之高。楚国和楚文字虽被灭亡，但楚人未绝，楚笔法亦在，顽强地“寄生”在了秦简墨迹中。

（一）秦简牍文字中楚系笔法的“寄生”

在全面考察所有已公布的先秦简牍图像后，我们发现在秦简墨书中存在一些特例。这些从字形结构上是秦简无疑，但其书写风格明显与绝大多数秦简有着显著差异。

如放马滩秦简《日书·甲种》以及里耶秦简牍中的一些，笔画头尖尾细，呈“蝌蚪状”，且多带有圆弧形笔势，而非秦系墨书的主流笔法风格，被认为带有其他系的手写书风格。王晓光说：“……可见他国风格阑入《日书》甲，仅仅体现在笔画上而非构字层面，或者可以理解为，放马滩《日书》甲是以三晋笔法写秦文之形。”[1]

1　王晓光：《秦简牍书法研究》，荣宝斋出版社，2010 年，第 90 页。

在里耶秦简牍中，也存在一些不符合秦简主流书风的文本。里耶秦牍第九层（9）981 号牍书法风格明显与其他不同，被认为带有楚简文字笔意。王晓光《秦简牍书法研究》中提道：“如（9）981 牍就有这坚定而夸张的圆弧笔，它们是真正意义上的纯半圆弧笔——极似楚简那种弹力十足的曲弧线，而异于秦系所特有的近于方势的弧线……（9）981 不同于里耶其他众牍之处还在于它的点画略现钉头尖尾状，笔末出锋较尖锐，这是楚等他国手写体的显著特色。”[2] 王焕林《里耶秦简校诂》也有类似的观点。

说甘肃放马滩秦简《日书·甲种》的笔画形态呈“钉头鼠尾”状，与晋系盟书相仿，此处值得商榷。因为单从起笔方式上考察，我们就会发现两者存在明显的差异。

从侯马盟书及温县盟书的起笔形态上看，均是显著的“顺锋起笔”方式，向右下方切锋入笔，形成“粗头”，在搭笔后直接向右行笔，最后尖收笔，形成“细尾”。而放马滩《日书·甲种》是显著的“逆锋起笔”方式，大约是书写者使用的毛笔笔锋细长所致，逆锋入笔时形成一个墨团（粗头），形态不稳定，随后向右行笔，出尖收笔（细尾）。必须强调，两者虽然在收笔方式上基本一致，而在起笔方式上有着显著的不同，放马滩战国秦简作为一个地地道道的秦系墨迹文本，且出土于秦地，其起笔方式保持了和绝大多数秦简一致的“逆锋起笔”，虽然尖细的收笔方式看起来大致一样，因此王晓光“放马滩《日书》甲是以三晋笔法写秦文之形”一说有待商榷。如下表：

山西侯马盟书和战国晚期甘肃放马滩秦简《日书·甲种》
起笔形态对比表

	三	之	不	于
马滩秦简《日书甲中》				
侯马盟书				

此外，说里耶秦牍（9）981 的笔法呈“钉头尖尾状”，和楚系墨书风格相似，或者说“楚等他国手写体的显著特色”倒还有几分道理。

里耶秦牍（9）981 出土于龙山县里耶镇战国故城 1 号古井，所处地域为楚国故地，出土简牍中含有大量的行政文书，说明这些简牍是秦国行政力量进驻楚地之后的产物，这其中想必会有楚人学秦书的文本。试想一个熟练的楚写手，被强制学习秦文字并

2　王晓光：《秦简牍书法研究》，荣宝斋出版社，2010 年，第 62 页。

参与行政文书工作，必然会带着原有的楚文书写习惯。然而，楚人学秦书，必有口传面授的过程，一笔一画看着学，也必然受到秦文笔法的一些影响，这是一个博弈的过程，有以下几点问题值得讨论。

1. 秦国以行政力量在楚地推行秦文字，推行的只是文字构型，未必会在起笔收笔处做强制要求。因此楚人写秦文字必然会带有其原先的用笔习惯，即顺锋起笔、圆弧形线条和回笔、较多的尖细收笔。

2. 楚人向秦人学书，即便有类似字书一样的材料，也需要有一个口传面授的过程，一笔一画地看着秦书手去写，在用笔方式上也必然受到秦人的影响，即逆锋起笔、平直、方折、戛止收笔等。

3. 就起笔方式的“便捷性”而言，秦人的“逆锋起笔”多了一个与行笔方向相反的动作，明显不如楚人的“顺锋起笔”那么方便。

4. 就起笔方式的“规整性”而言，秦人的“逆锋起笔”易于保持线条首尾的粗细一致，明显比楚人的“顺锋起笔”写出的线条均匀、稳定。

文字的演进是一个追求便捷的过程，就这一点来说，楚书的顺锋起笔显然比秦书的逆锋起笔要便捷。但楚人在被强制要求写秦文的情况下，若完全用楚文字的笔法习惯，则写出的字将与秦人风格大相径庭，这恐怕也是难以被秦统治者所接受的。这样一个博弈的过程必然使得楚人尽力去融合二者，既便于书写，又基本保留秦文的笔画形态。

里耶秦牍(9)981很少见到非常显著的“逆锋起笔”，相反，逆锋起笔特征不显著，且出现一些含蓄的“顺锋起笔”的字例，如“不”“辰”等。弧形线条较多，转折处多是圆弧形笔势一笔写成，且不少字横画带有楚墨书“圆弧形回笔”的特征，如“言”“之”“不”等。收笔有尖，但较楚简墨书含蓄很多，线条基本均匀。

当然，我们也可以将此牍作为是“秦人写手受楚书风影响后的作品”之一。[3]秦人在楚地必然能见到大量的楚字文本，在传授楚人秦字的过程中或多或少也会受到楚风的影响。楚书“顺锋起笔”显著提高行笔效率，且使线条更加具有动态美感，无论是从审美上还是效率上都优于秦书。许多研究者都认为：秦文化落后，楚文化先进，秦全面入侵楚地的过程，在某种程度上而言却

3 当然，也有可能是秦人在大量书写任务的压力下，自发使用了顺锋起笔的笔法。但凡一种现象，都是多种因素共同作用的结果，但也有主次之分。

是楚文化对秦文化的改造，可见楚文化对秦的影响之大。

楚系笔法就这样“寄生”在了秦简中，这种影响在汉代初期的简帛墨迹中依然可以明显地看到。

楚系墨书和里耶秦牍(9)981笔法形态对比表

关注起笔和线条的总体形态	之	不	辰
楚系墨书			
里耶秦牍(9)981	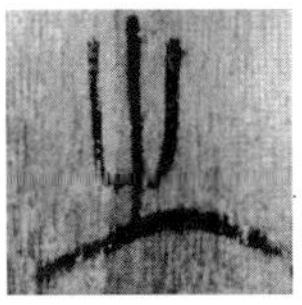		

(二)西汉初期楚系笔法形态的存续

秦统一后没多久就灭亡了，随即进入汉代。部分六国遗民，也带着原先的书写习惯进入了汉代。

汉承秦制。汉代使用的文字形体直接继承了秦文字，两系文字合并为一系，秦国在被其征服过的领域强制推广秦文字，六国文字逐渐没落，两系文字合并为一系。在汉代初期所能见到的大量简帛墨迹中，有相当一部分都与秦简墨书如出一辙：逆锋起笔，方折笔画，戛止收笔，偶然出一些波磔笔画等，马王堆帛书中的绝大多数文本即是如此。但也有一些文本，带有明显的楚系墨书的笔法特征。张恒奎也观察到了这一现象：“六国文字的科斗笔法，主要特点是头粗尾细。这是由快速书写的需要所决定的。秦人接受了这样的笔法，但是有所保留。”[4]

西汉初期（武帝之前）能见到的墨迹材料并不算少，集中出土于湖北湖南地区。有马王堆一号墓遣册和三号墓出土竹简及大量的帛书，湖北谢家桥汉简、萧家草场西汉简，张家山西汉简、高台西汉木牍、湖北凤凰山九号墓木牍等。此外，安徽阜阳双古堆西汉墓也出土了一批数量可观的简牍。

4 张恒奎:《草书体的形成与演变》，吉林大学，2008年。

这其中，马王堆帛书《阴阳五行·甲篇》是公认的带有显著楚系墨书笔法特征的材料。虽然全篇用的都是秦系文字的形体结构，但单个笔画从起笔方式以及收笔的笔势上看，与楚系墨书十分相似。首先，起笔方式常见大量“顺锋起笔”，如“辰”“丙”“三”等字都能清晰地看到如同现在楷书一样的“顺锋起笔”，这种笔法特征在马王堆帛书的其他文本中并不常见。其次，横向笔画大量出现楚系墨迹特有的圆弧形回勾动作。

秦汉时期楚系墨迹和带有楚风西汉初期墨迹对比表

字例来源	三	王	不	五	日
	上博简《性情论》34 号	上博《民之父母》8 号简	上博简《从政甲》	上博《民之父母》2 号	望山一号墓简
战国楚系墨迹	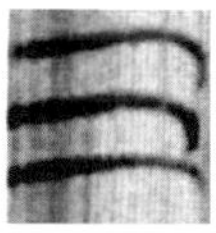				
湖南马王堆《阴阳五行·甲篇》	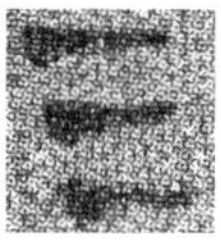		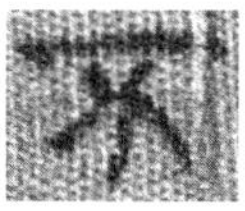	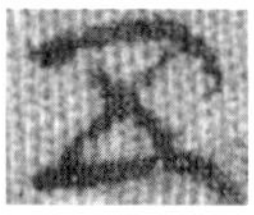	

另外，马王堆一号墓竹简《遣册》也存在许多楚笔法元素。首先，依然是常见大量的“顺锋起笔”现象，与楚系墨书形态近似。其次，尖而细长的收笔也是楚系墨书的特色。但马王堆一号墓竹简遣册没有出现圆弧形回笔动作，这是和楚系墨书以及同时期的马王堆帛书《阴阳五行·甲篇》不同的地方。此外，西汉早期湖北凤凰山 10 号墓竹简和木牍、167 号墓《遣册》，马王堆三号墓简《合阴阳》，随州孔家坡八号墓简等，也见大量顺锋起笔和尖细收笔的字例，书写风格和线条质感上接近楚系墨迹。

而荆州印台西汉墓简、江陵张家山 247 号墓简牍等其他西汉早期墨迹却和秦简牍风格基本一致，几乎完全不见顺锋起笔和尖细收笔。马王堆帛书中的绝大多数文本，起笔方式均为“逆锋”，且少见尖细收笔，楚简墨迹特有的“圆弧形回笔”也十分罕见。

通过对目前可见到的汉代初期简帛文字的考察，可将其大致分为两个类别：①完全继承秦系笔法的古隶。②带有楚系笔法特征的古隶。由于这些墨迹材料从文字形体上看，完全继承了战国秦简的写法，因此都称作古隶。

完全继承以“逆锋起笔”为主要特征的秦系笔法的古隶，是汉代隶书的初期形态；而带有楚系笔法特征的古隶，则是汉代中期楷书的先导。楚系笔法在汉代中期出现的楷书萌芽中得以重生。

（三）西汉中晚期楚系笔法的生长

两种不同笔法的古隶书体，适应了“官书”和“俗书”两种不同的需求。侯开嘉说：“所谓官书，即是在特定的时期内，官方认定的和社会公认的庄重的书体；所谓俗书，即是民间流行的手书体。官书文字的内容一般必须是记事颂功，或是宗教经文，写的目的旨在以显当代，保留长久，能垂昭后世；而俗书的文字内容一般是公牍文稿、尺牍抄文，写的目的旨在方便快速。”[5]带有楚系笔法的古隶，“顺锋起笔”和“弧形线条”的缺点是不工整，但显然适应快速书写，于是广泛应用于俗书领域，并在这一领域不断发展变化。

5　侯开嘉：《俗书和官书的双线发展规律》，四川大学学报（哲学社会科学版），1999年第3期。

在西汉中晚期的简牍材料之中，能找到这样的例子：①显著的“顺锋起笔”；②尖撇；③字势较方，并非左右开张的八分势；④竖画常带硬勾。其中①②两项特征是楚系墨书的笔法特征。在西汉中晚期众多的材料中，《王杖诏令册》当算是其中楚系笔法特征最为显著和稳定的材料。

楚系墨迹与《王杖诏令册》字形对比表

	横向笔画对比	纵向笔画对比	撇（斜画）对比	纵向笔画对比
楚系墨迹（战国）				
《王杖诏令册》（西汉晚期）				

《王杖诏令册》是1981年武威县文物管理委员会在征集个人收藏的简牍时获得的，被确认为与《王杖十简》[6]出自同一个墓区，年代在西汉成帝元延三年。恒田恭三认为其字体为八分书[7]。

6 《王杖十简》，武威磨嘴子东汉第十八号墓出土，年代为明帝永平十五年，横田恭三认为其字体是隶书。

7 横田恭三：《古代简牍综览》，北京联合出版公司，2017年。

横、竖笔画中，起笔处常见显著的“顺锋起笔”，与楚简文字笔画的起笔特征一致。当然也存在一部分起笔形态不甚明确的字，但少见显著的“逆锋起笔”（一些长笔画顺势逆锋除外，楷书中一些长横经常见因势而为的逆锋起笔，并非书者有意为之。如褚遂良《雁塔圣教序》）。楚简文字的斜画，向右下方搭笔，然后快速向左下方放出，尖笔出锋，这与《王杖诏令册》的“尖撇”特征表现一致，且特征稳定。除此之外，《王杖诏令册》总体字势偏长，部分竖画带有区别与隶书的“硬勾”，这所有的特征汇聚起来，似与所谓“楷书萌芽”一模一样。关于楷书萌芽的时间问题，笔者另有详细讨论，此处不再赘述。

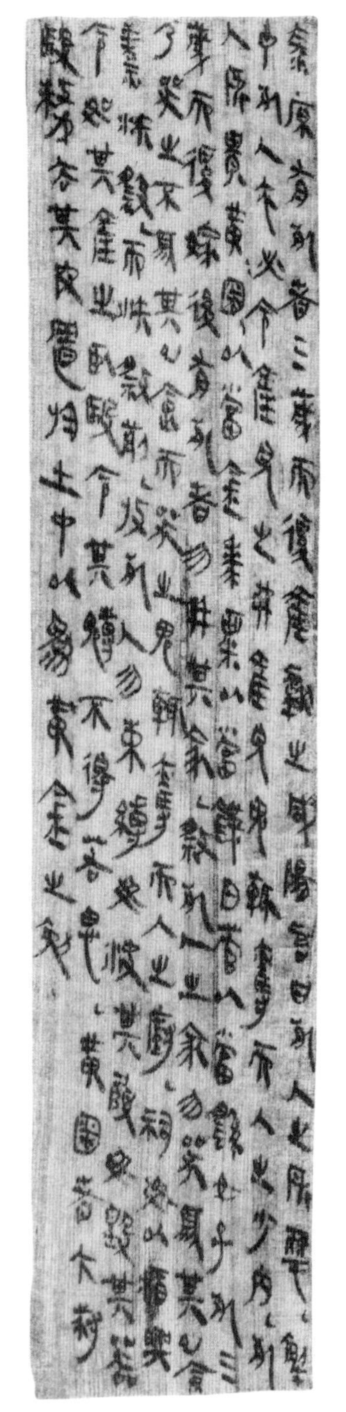
北京大学藏秦简（局部）

这种现象并非只存在于《王杖诏令册》中，可以说各地出土的简牍材料或多或少都有出现，其中一些文本起笔形态极不明确，想来一般使用的行政文书或者遣册记录，书法无须讲究，所用毛笔有无毫颖当然更无所谓，从悬泉置出土帛信《致元子方书》可以看到，那时边陲之人所使用的毛笔可能也需要托人花钱购买，秃笔所写之字，起笔形态自然模糊难辨。

楚系笔法在西汉中晚期的迅猛生长发展在《王杖诏令册》上可见一斑，进入东汉以来，楚系笔法特征进一步发展，在东汉的简牍上获得了重生。

（四）东汉以来楚系笔法的重生

在武威磨嘴子东汉第 18 号墓出土的《王杖十简》，所处年代为东汉明帝永平十五年（公元 72 年），与《王杖诏令册》被确定为同一墓区的出土文物，时间相差八十年左右。从笔法特征上看，和《王杖诏令册》有许多相似之处，相比之下，“顺锋起笔”和“尖撇”等楚系笔法形态在《王杖十简》上展现得更加显著和稳定。

《王杖十简》所有文字“顺锋起笔”形态稳定，字带斜势，尖撇形态稳定，“竖勾”笔画的勾直接向左上勾出，与古隶和八分显著不同。又见“竖弯勾”笔画的勾是向“回勾”，这种笔法特征在前代是极少出现的，与后世魏晋楷书笔法基本一致。应该说，较《王杖诏令册》而言，《王仗十简》的楷书特征向成熟又明显迈进了一大步。

《王杖十简》中的“哀”字，首先，顺锋起笔特征显著，弧形“尖撇”和成熟的楷书几乎一模一样，且字体带有斜势也是成熟楷书的特征，隶书中横画收笔上挑的习惯已经完全消失，特别是最后的“捺”笔画，按顿平出，与隶书向右上方挑出的动作已经可以明显区分开。再看“见”字，《王仗十简》中的字例首先在体势上就和《王杖诏令册》的字例拉开了差距，一方面字势向右上方倾斜，另一方面下半部分的“撇”和“竖弯勾”明显伸长，字势拉长是楷书区别于隶书的重要特征之一；其次，“竖弯勾”的势态向内，这和隶书向外放出的笔法习惯有着显著差异。

《王杖十简》与《王杖诏令册》单字对比表

字例	哀	见	皇	老小
《王杖十简》				
《王杖诏令册》		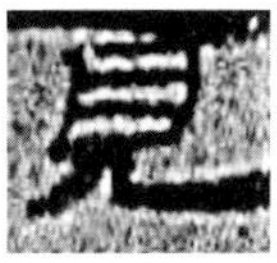		

从表中可以看出，《王杖诏令册》此篇虽看上去已脱隶势，但就此“皇”字而言，最后一笔明显是“逆锋起笔”，且左右开张，蚕头燕尾，典型的八分样貌。相比而言，《王杖十简》中的“皇”字所有横画“顺锋起笔”形态基本明确，而“顺锋起笔”恰恰是楚系笔法的最主要特征，两者起笔形态几乎完全一致。

《王杖十简》出土于武威磨嘴子东汉第 18 号墓，按内容分类当属行政文书，从文字上看却是西汉宣帝、成帝时期诏书的抄件，显得有些草率。然而在笔法特征上，《王杖十简》除了收笔还不具备稳定笔法形态以外，其他所有特征已然与公认的最早楷书作品——钟繇《宣示表》相差无几。

进入东汉以来，“顺锋起笔”在需要快速书写的简牍应用上，占有绝对的优势。许多文本虽然在势态上看起来是标准的八分书，但在起笔形态上，依然多使用顺锋起笔。东汉的日常书写，已然是顺锋起笔的天下。至钟繇楷书字体成熟以后，后世所有日常书写所需使用的书体中，再未见“逆锋起笔”的例子。

小　结

应该说，楚系笔法对整个笔法发展史贡献最大的就是它的“顺锋起笔”。无论是稍微讲究线条形态的“侧锋起笔”，还是急于求成的“直入起笔”，其本质都是追求快速书写。草书作为一种追求便捷快速的字体出现于西汉，而从此时的简牍文字整体情况看，“逆锋起笔”还具有相当大的势力，但西汉草书中极少见到显著的“逆锋起笔”形态，因为草书本身就是在“顺锋起笔”的推动下产生的字体，草书笔法是真正的楚系笔法遗传的产物。

由此我们可以看到，楚系笔法在汉代的存续和发展，对于推进字体的发展演变起到了重要作用。

浅谈郭店楚简的艺术特征与价值

文铁强

1993年10月，在湖北省荆门市郭店村郭店一号楚墓M1发掘出竹简，共804枚，为竹质墨迹。其中有字简730枚，共计一万三千多个楚国文字。楚简包含多种古籍，其中三种是道家学派的著作，其余多为儒家学派的著作。所记载的文献大多为首次发现，被鉴定为国家一级文物。郭店楚简的文字是典型的楚国文字，具有楚系文字的特点，而且字体典雅、秀丽，是当时的书法精品。下面就谈谈郭店楚墓竹简《老子甲本》的艺术特征与价值。

一、艺术特征

战国时期的楚国，已经形成了有别于中原各国的文化体系。楚地辽阔，系由很多方国组成的共同体。楚文化在华夏文化的基础上，融会了南方苗、彝等各族文化的因素，所以楚文化充满浪漫激情的活力。郭店楚简上的文字就是这种保留了周代金文特点的楚国地方文字，其文字为篆体，少数笔画带有隶书的风格，已不是严格意义上的篆书，应是篆书向隶书过渡时期的作品。

（一）线质

以弧曲线为主，横画一般做哭脸样的下弯或笑脸样的上弯形状，竖画多向内括，呈左弯状，其他大部分笔画更可以概括为各个方向的弧圆形线式。许多字还构成弧线相向环抱形，像是众多括号扣合交错。书写速度越快，弧圆形线式就越多，也越弯。

（二）笔法

起笔尖锋（顺锋）入笔或者侧锋切入，也有蘸浓墨入笔，没有裹锋的动作，但起笔也很圆润。行笔时大多转为中锋推进，速

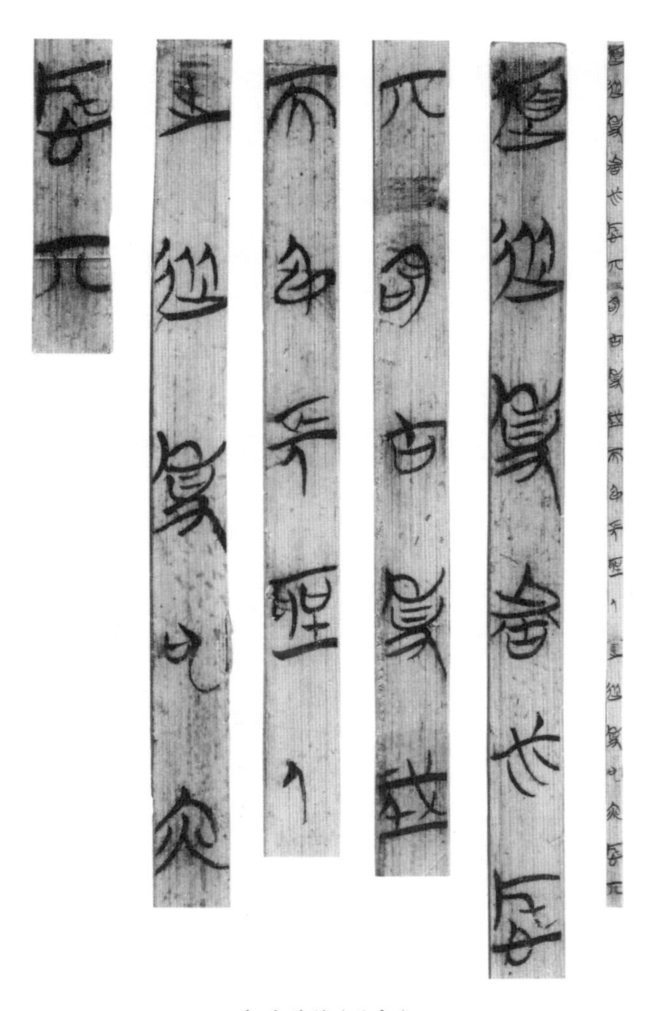

郭店楚简(局部)

度快，转折处没有折笔，偶尔会有顿笔的动作，接笔较准确，形成边廓光洁的流线型线条，时见行书、草书笔意。行笔过程中用锋比较单一，横画少有提按，斜画也是随腕送出。收笔时多是出锋尖笔，形成头粗尾细(钉头鼠尾)的形状或者两端尖中间粗的形状，爽劲锐利，刚柔并济，变化丰富。收笔有时会回锋，或者空中虚回。楚简书写过程中“摆动”的执笔动作明显，全凭手指控制完成，这是当时普遍的执简而书的自然形态。

(三)字法

结字宽疏，空间分布均匀，字形变化丰富，圆中见方。字形多为横扁、扁圆，封闭内敛。括号式的弧形线常向字心裹抱环转成圆，点画短促，使得字势内敛，字态封闭，字形紧集。少数字形趋方趋长，外缘轮廓呈无规律的多边形，绚烂多彩。字势多往右上方欹侧，左低右高。

（四）章法

字与字的间距在一字左右，疏密适宜，排列均匀。简面的文字宽度横撑到简边。简面的节奏感主要通过线条粗细对比和少量的墨块符号来调节。一根竹简上的行气主要通过笔画和字势的呼应来达到。

总之，郭店楚简上承金文大篆，下启隶书。郭店楚简的纵恣多姿，正体现着楚文化之浪漫！

二、艺术价值

简帛书法的研创，相对来说是一个新的学术领域。无论是在一些具体形质方面，如一些基本的用笔动作与技术要领、笔墨表现与线条语汇的丰富性等问题，还是在其精神内涵方面，如社会因素及书写心理等，都有待于深化研究。郭店楚简书写随意，在实用方便与书写审美之间约定俗成为不同阶段的字形式样，其结体造型因势生发，烂漫自然，为临习者提供了足资取法的空间。“古质而今妍”是一种较为普遍的书法审美意识，而后世书法尤其是唐代以来随着笔法的丰富，渐渐失却了天骨。简牍帛书，不事雕琢，虽用笔较为单纯，但质朴天然，气格充盈，其内在精神颇能荡人心魂。所以取法于郭店楚简关键还在于能捕捉其字形之外的那种本真的气息，洞悉其平淡之外的“绚烂之极”。

郭店楚简是中华民族对世界文化的重大贡献。饶宗颐先生认为，自1970年来近二十年的考古新发现，特别大批楚简的出土和研究，有可能给21世纪的中国带来一场“自家的文艺复兴运动以代替上一世纪由西方冲击而起的新文化运动”[1]。萧萐父教授说：“郭店竹简和上博竹简的全面研究，势必重新审理这些大悬案，重新改写中国学术史、经学流变史、楚国文化史。”[2]

郭店楚简中存在的省减、草化、隶变的现象，揭示了先秦书法书体演进的趋势。这种带有浓厚美的自觉性、生机盎然的楚简书法，真正说明了中国书法艺术的萌芽和日益成熟。研究楚简、写楚简、创作楚简书法，有助于我们复原并接近历史的真实，且与现代相结合，更好地传承中国书法艺术。

1　饶宗颐：《从新资料追溯先代耆老的“重言”——儒道学派试论》，《中原文物》，1999年04期。

2　萧萐父：《郭店楚简的价值和意义》，武汉大学中国文化研究院编：《郭店楚简国际学术研讨会学术论文集》，湖北人民出版社，2000年，第13页。

学员作品

陈杰（陈纪杰） 1965年生。现工作于山东省滨州市文联，滨州市书法家协会驻会副主席兼秘书长，国家一级美术师。中国书法家协会会员，山东省书法家协会篆书委员会副主任，山东省青年书法家协会顾问，中国书法家协会考级中心考官，甘肃简牍博物馆特聘研究员。

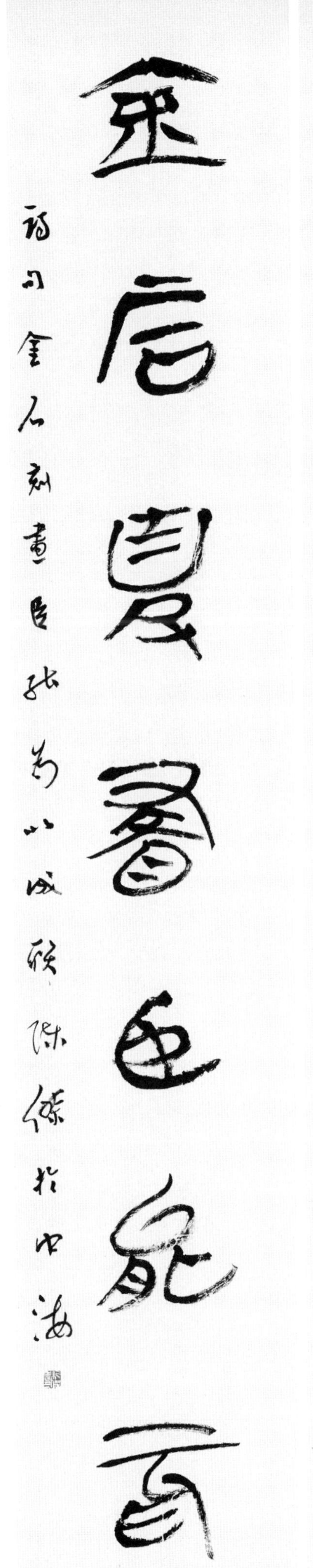

对联《文章金石》

曹西 1965年生。西南大学园艺系毕业，农艺师。现为贵州省书法家协会会员，乌当区书法家协会名誉主席。

斗方《临〈三德篇·太一生水篇〉》

曹雨杨　1994年生。现就读于吉林大学古籍研究所，主修古文字学。师从何景成、刘钊。

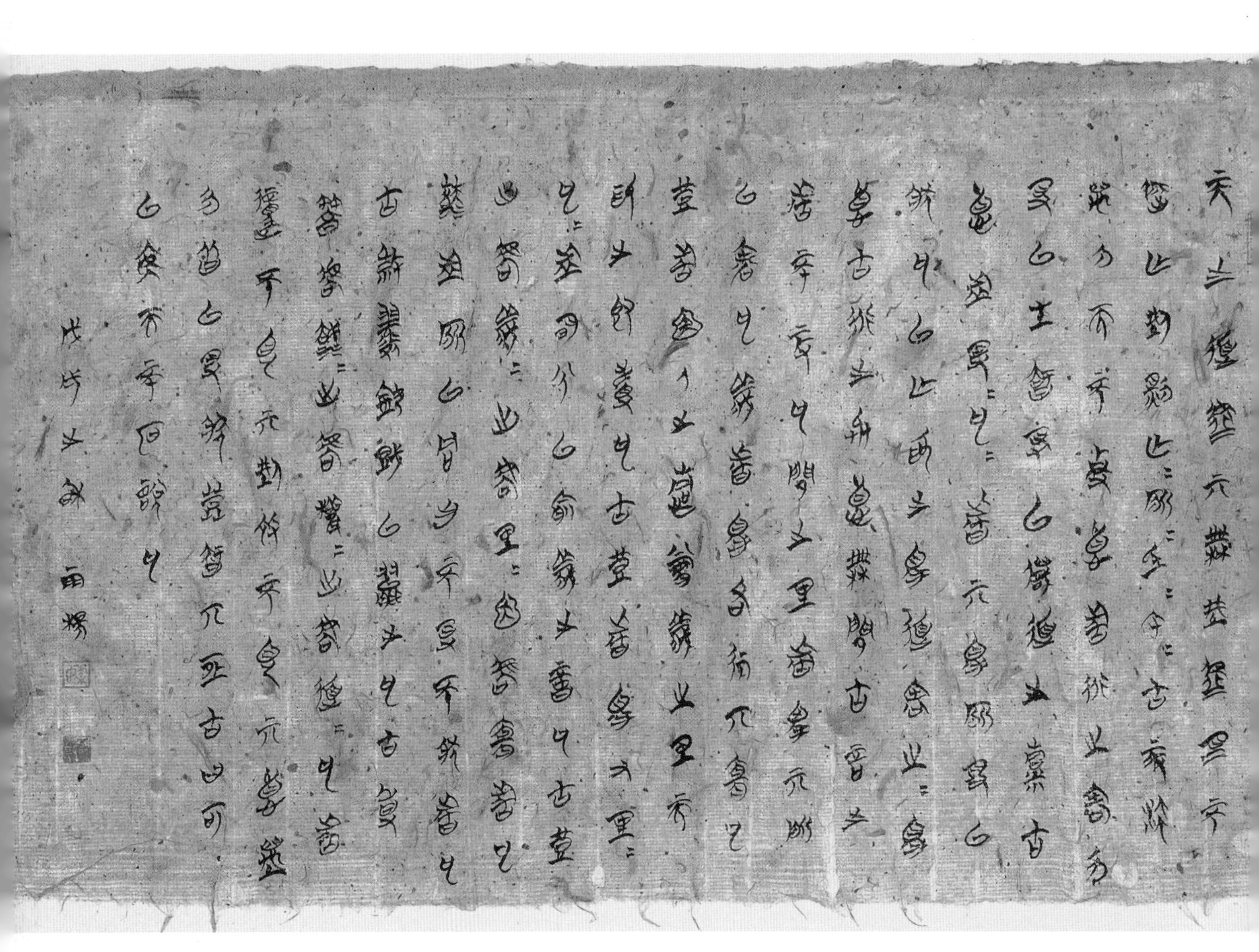

小品《〈管子〉选录》

小品《鬻子篇》

卢志春 1966年生，湖南桃江人。现为中国书法家协会会员，湖南省书法家协会理事、篆刻委员会委员，益阳市书法家协会副主席，益阳印社社长，岳麓印社理事。

刻字《思齐》

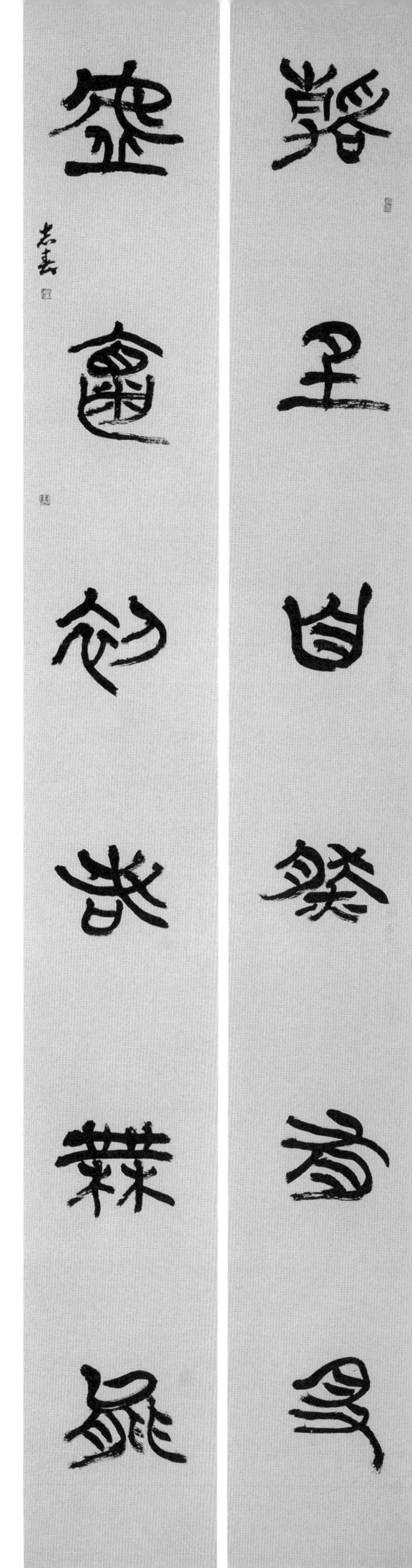

对联《静坐虚怀》

陈文波　1991 年生，广东肇庆人。复旦大学中文系学士，复旦大学出土文献与古文字研究中心硕士。现为中国书法家协会会员。多次入选中国书法家协会主办的展览，全国第三届篆书展获奖提名。多篇书法史论文发表于《中国书法》等刊物，并多次在中国书法家协会等机构主办的学术研讨会中获奖。

条屏《爱莲说》

陈苗夫（原名陈夫苗）

1976年生，汕头人，书法硕士。中国书法家协会会员，广东省书法家协会会员，广东省书法评论家协会理事，广东省青年书法家协会隶书委员会主任，岭南印社理事、副秘书长兼发展（国学）委员会主任。

条屏《临〈鲁穆公问于子思篇〉》

对联《东壁南华》

李立鹏 1996年生，广东茂名人。广州美术学院书法学专业本科在读。师从祁小春、王忠勇、倪宽、柳洋等诸师。现为岭南印社社员。

条幅《古文尚书》

对联《诗文贵能》

匡赞 1986年生，湖南株洲人。设计艺术学硕士，讲师。湖南省书法家协会会员、湖南省美术家协会会员、湖南省版画学会会员。

中堂《观沧海》

李莹波　1981年生，湖南益阳人。湖南大学岳麓书院博士生在读。先后任教于湖南工艺美术学院、长沙师范学院。现为西泠印社社员，中国书法家协会会员，湖南省书法家协会理事、篆书委员会副主任兼秘书长。

条幅《集清华简志学诗》

对联《沉迷隐逸》

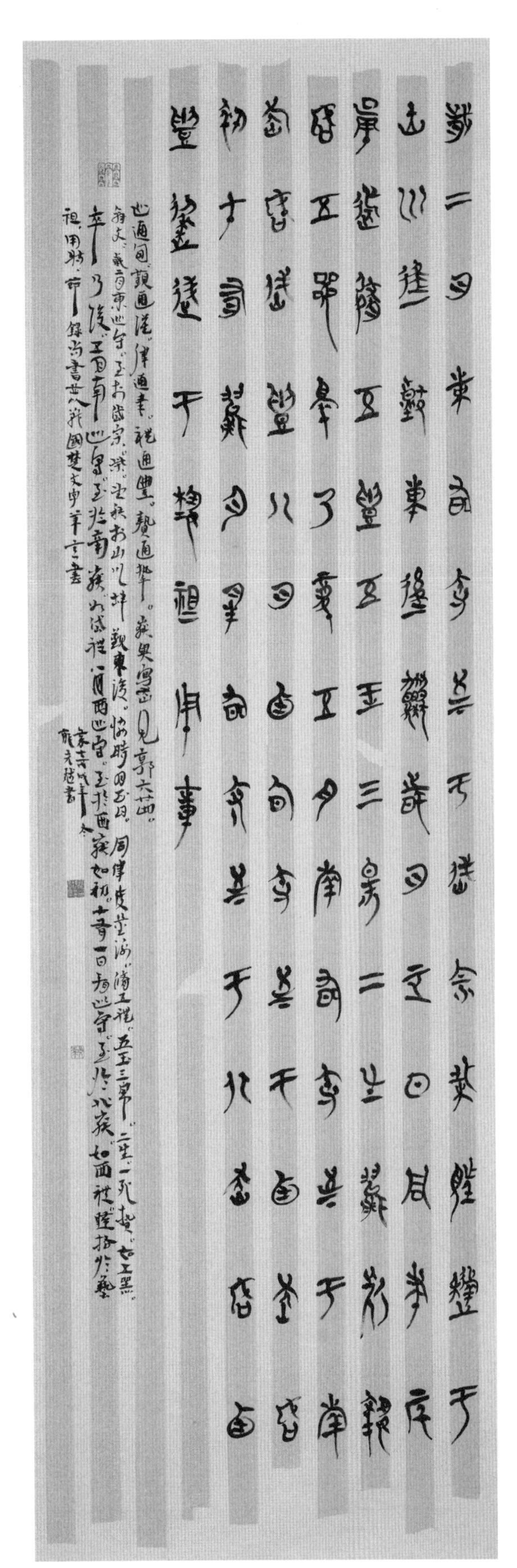

条幅《〈尚书〉节录》

龙光斌 1983年生于贵州龙里，祖籍江西，现居贵州贵阳。供职于贵阳孔学堂文化传播中心、孔学堂书画研究院。贵州省美术家协会理事，贵州省青年美术家协会副主席、秘书长，贵州省青年联合会第十届委员会委员。

刘灿辉 1983年生，湖南岳阳人。第二届全国大字书法展入展，第三届“翰墨朝阳”书法大赛获三等奖，第四届“魏碑圣地全国魏碑隶书大赛”获三等奖。

对联《谓我知其》

对联《闲为静得》

邢冬妮 1992年生，山西忻州人。2019年中南大学硕士毕业。作品入展全国第六届妇女书法篆刻展等。有关简帛书法的学术论文入选第二届中国南京国际书法研究生教育论坛、中国文字·书法论坛。

孙莉烜　1970年生，甘肃会宁人。现供职于靖远煤业有限责任公司广宇公司。甘肃省书法家协会会员，白银市书法家协会理事 。

中堂《尚书》节录

对联《初生既尽》

文铁强 1975年生于湖南常德，中学高级教师，现就职于常德外国语学校。常德市书法家协会中小学专业委员会副主任。

条幅《〈老子〉节录》

许敬峰 1975年生，河北大名人。中国书法家协会会员、中国甲骨文研究会会员、临济书院院长。作品曾获奖、入展全国性书法大展三十余次。

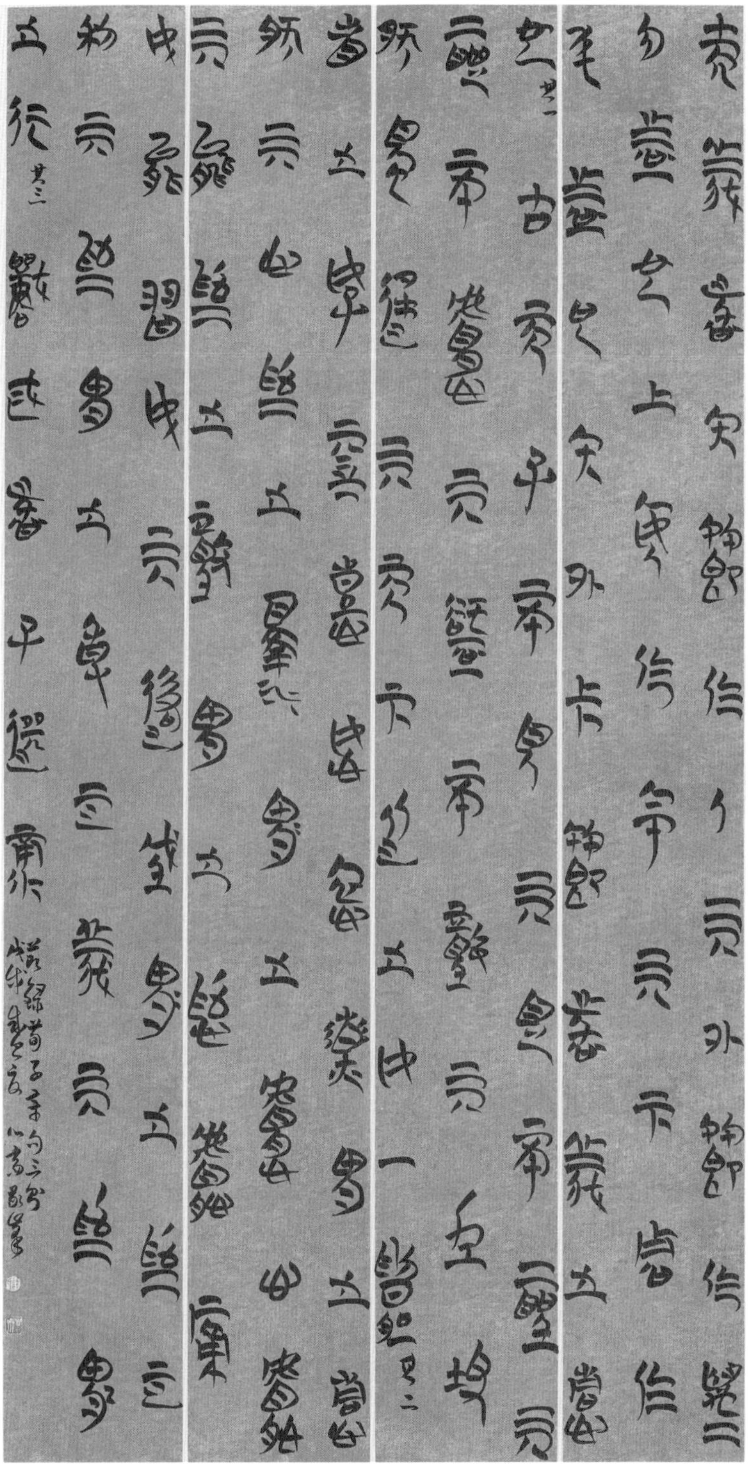

[illegible]

条屏《〈荀子〉节录》

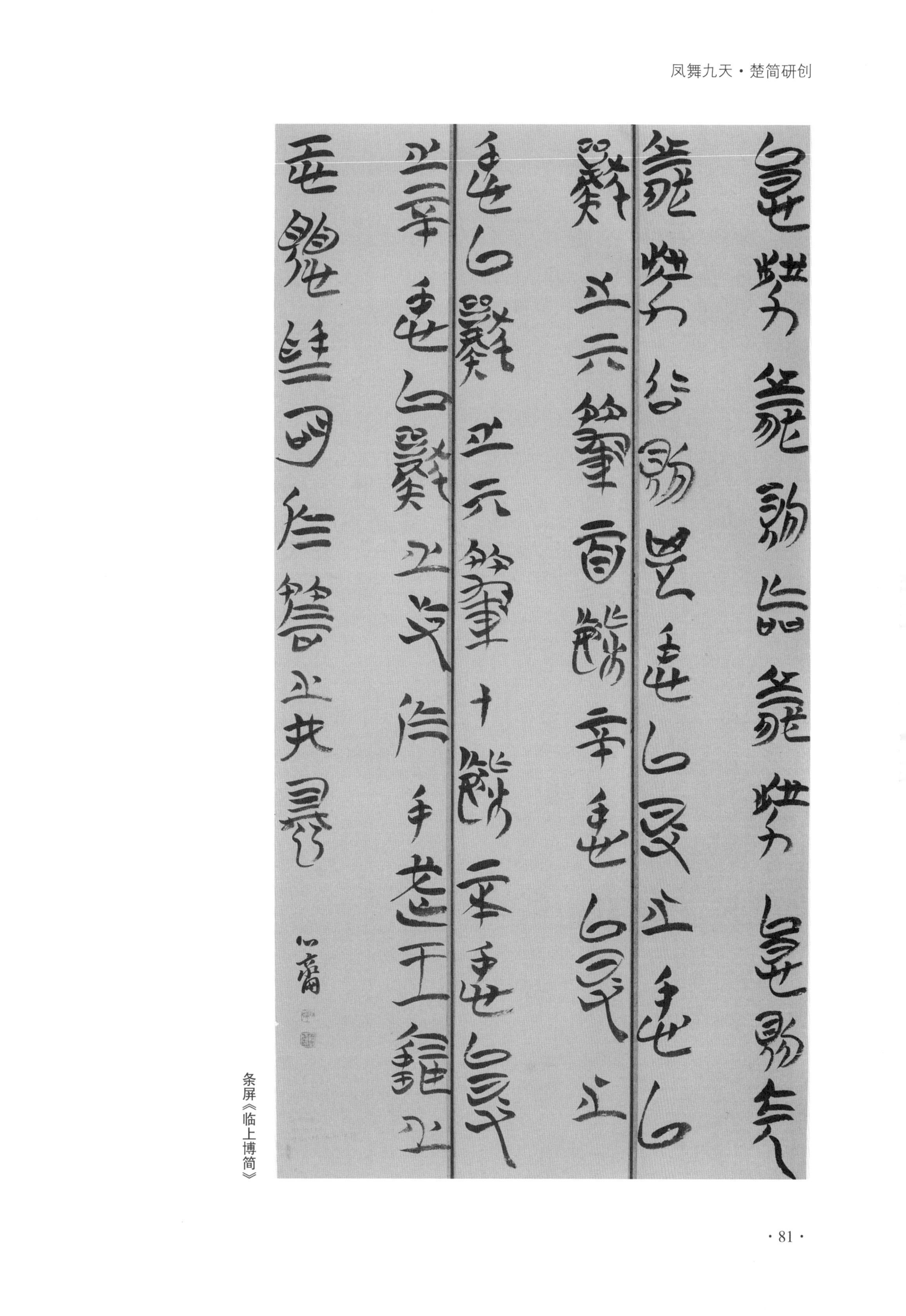

条屏《临上博简》

周欢　1995年生，湖南桃江人。书法授业于江西省新余市书法家协会副主席周小平先生。

条幅《战国策》

大道之行也天下为公选贤与能讲信修睦故人不独亲其亲不独子其子使老有所终壮有所用幼有所长矜寡孤独废疾者皆有所养男有分女有归货恶其弃于地也不必藏于己力恶其不出于身也不必为己是故谋闭而不兴盗窃乱贼而不作故外户而不闭是谓大同

右録大道之行也 戊戌冬月書於湘北周歡

条屏《〈礼记〉节录》

对联《青山流水》

徐舒桐 1989年生于郑州，河南警察学院书法教师。现南开大学书画艺术与美学博士在读，师从尹沧海教授。河南省书法家协会会员、河南省直书画家协会会员。

童玮 1979年生于江西弋阳，祖籍浙江兰溪，现居广东中山。现为江西省书法家协会会员、江西鄱湖印社理事、中山沐贤书画院院长、上饶书法院院士、珠海市书法家协会会员。

对联《无事有功》

张立军　1971年生，荆州人。现为荆州市楚简书法研究会副会长等。作品多次入选入展西泠印社及全国展。

中堂《毛泽东词》

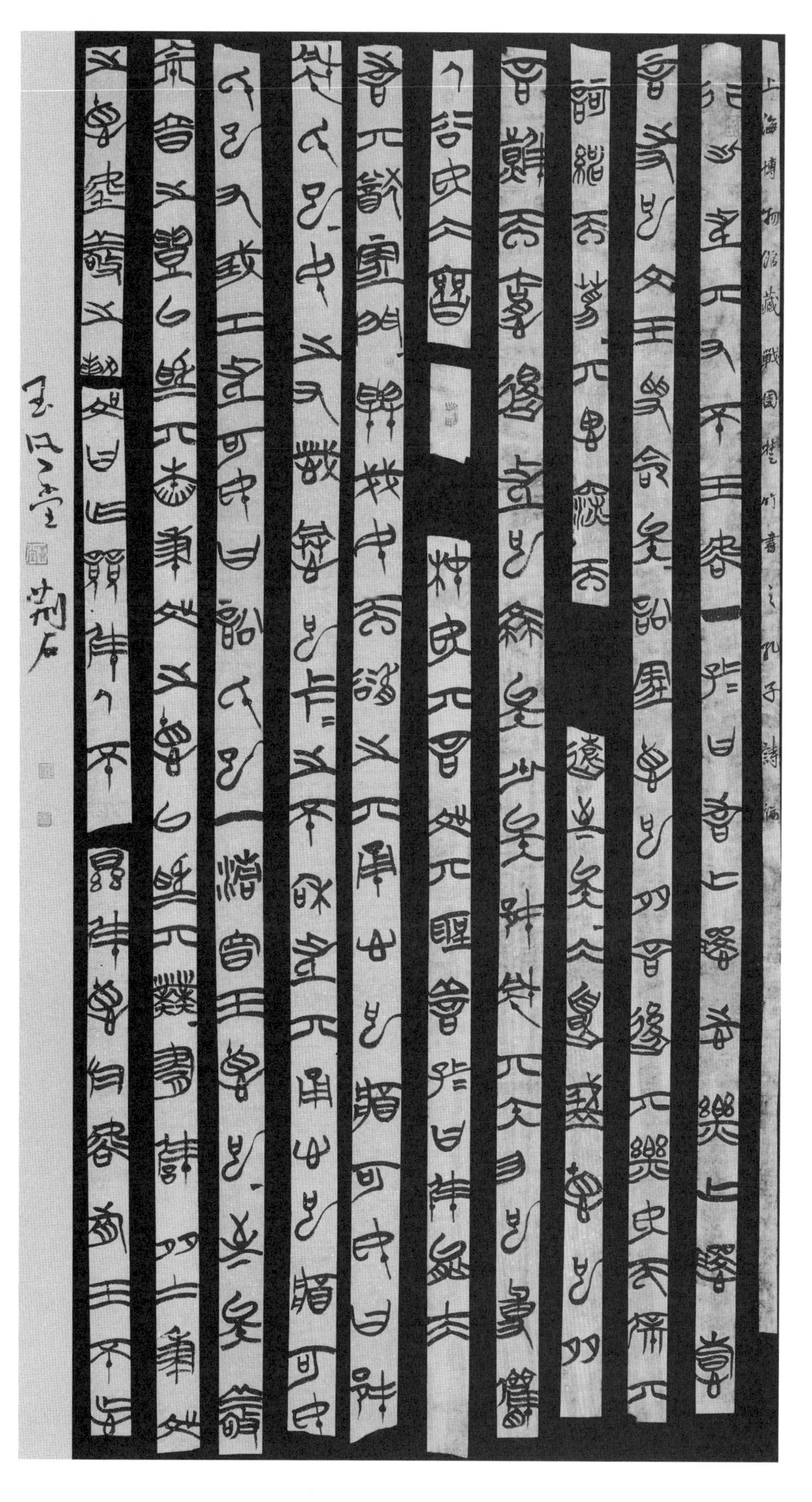

中堂《临上博简》

袁珊 1982年生。湖南师范大学本科，中山大学硕士。广州市番禺区市桥桥兴中学一级教师。

簡本緇衣表達的是儒家的政治四項通篇是作者對統治者提出的道德倫理要求每段以子曰開頭表明作者的思想然後引詩書相關內容以佐證作者的觀點引文按詩書為順序有嚴格的規律簡文要求君子具備以下美德不留私惠交友有方好仁惡惡持之以恒只有這樣國家才能長治久安君臣民才能和諧相處下太

抄錄郭店楚墓竹簡
歲次戊戌金秋 袁珊

条幅《临郭店简》

易万喜　1995年生，湖南邵阳人。毕业于湖南第一师范学院汉语言文学专业，毕业后一直从事书法教育工作。

条幅《陶渊明诗选》

杨玲 1982年生，心理学硕士。作品入展湖南省书法家协会第二届临帖展、“书道湖湘 墨韵芳菲”湖南省女书法家作品展、湖南省书法家协会首届篆书作品展。

条幅《〈老子〉节选》

薛婧 1996年生，山西河东人，贵州师范大学书法学本科在读。现为贵州省书法家协会会员、贵阳市书法家协会会员。

条屏《临郭店简》

問道學藝
书同文字·秦简研创

书同文字——秦代简牍书法述论

李莹波

一、秦简牍材料简述

所谓秦简，是指战国时期秦国和秦代的简牍，包括秦统一前后的简牍。相对于其他时代的简牍材料，其书法自有特点，自成体系。目前出土和购藏的主要秦简材料共有十二批，分别简介如下：

1. 四川青川木牍

1980年四川青川县郝家坪第50号战国墓出土了两枚秦牍。墨书秦隶，笔法流畅，率意而不呆板，结体错落有致，并有篆籀遗韵，有些字形已体现篆隶之间的转化轨迹。记载了公元前309年（秦武王二年）王命左丞相甘茂更修《田律》等事。

2. 甘肃天水放马滩秦简牍

1986年甘肃省天水市北道区党川乡放马滩一号秦墓出土竹简460枚、木牍地图七幅。竹简内容有《日书》甲种、《日书》乙种、《志怪故事》。书体为秦隶，犹存篆形。

3. 湖北江陵王家台秦简牍

1993年3月湖北江陵荆州镇邱北村王家台15号秦墓出土秦简共计813枚。简文内容有《归藏》《效律》《政事之常》《日书》《灾异占》。尤其是《归藏》的出土，使这部亡佚已久的上古易书重见天日。其他内容也具有重要的研究价值。可惜其保存状态欠佳，现在可供研究的照片资料已模糊不清，很难进一步窥其书法的特点。

4. 湖北江陵扬家山秦简

1990年湖北江陵扬家山秦墓出土竹简75枚。古隶。年代上限前278年（秦拔郢），下限西汉前期。内容为遣册。

5. 湖北云梦睡虎地秦简牍

1975年12月湖北省云梦县睡虎地秦墓中出土的大量竹简，称睡虎地秦简或云梦秦简。墨书秦隶。写于战国晚期及秦始皇时期，反映了篆书向隶书转变阶段的情况。其内容主要是秦朝时的法律制度、行政文书、医学著作以及关于吉凶时日的占书等，具有十分重要的学术价值。

6. 湖北云梦龙岗秦简牍

1989年12月湖北省云梦县城东郊龙岗地区发掘的6号秦墓出土竹简293枚、木牍1枚、残片138枚。内容为秦代律令，是继云梦睡虎地秦简、四川青川郝家坪秦牍之后，秦代法律文献的又一次重要发现。

7. 湖北荆州周家台秦简牍

1993年6月湖北省荆州市沙市区关沮乡周家台30号秦墓中出土竹简381枚、木牍1枚。内容分为《历谱》三种、《日书》和《病方及其它》。书体丰富多样，以古隶为主。

8. 湖南湘西里耶秦简牍

2002年6月至7月湖南省湘西土家族苗族自治州龙山县里耶镇里耶古城1号井共出土秦简牍三万六千多枚，是史上发现中数量最大的一批秦简。主要内容是秦洞庭郡迁陵县的档案，包括祠先农简、地名里程简、户籍简等。书体丰富多样，以秦隶为主，有些兼具楚简风格。尤其是年代较晚地层中出土的几片楚简风格的简牍，非常特殊。

9. 北大藏秦简牍

包含竹简763枚（其中301枚为双面书写）、木简21枚、木牍6枚、竹牍4枚、不规则木觚1枚，有字木骰1枚。书写字体为秦隶。简牍的内容涉及古代政治、地理、社会经济、数学、医学、文学、历法、方术、民间信仰等诸多领域。

10. 岳麓书院藏秦简

2007年12月湖南大学岳麓书院从香港古董市场购藏2098个编号的秦简。其后的2008年8月又获香港一收藏家捐赠76个编号。竹质墨迹，少量为木质墨迹，书体为秦隶。内容分为《质日》《为吏治官及黔首》《占梦书》《数书》《奏谳书》《秦律杂抄》和《秦令杂抄》七大类。对于研究中国数学史、科技史、法律史以及了解秦代历史地理和郡县研究、占梦习俗等有重要文献价值。

11. 湖北江陵岳山秦牍

1986年湖北江陵岳山36号秦墓出土木牍2枚，内容属日书，主要为“良日”一类。字体为古隶，结构紧凑，体势统一，风格明显。

12. 湖南益阳兔子山简

2013年5月益阳市赫山区三里桥铁铺岭社区发现的14口古井出土一万五千多枚简牍，时间跨度涵盖战国楚、秦、两汉、两晋，各时期的简牍可以弥补历史文献的不足。由于迄今为止公布的材料不多，其中秦简牍的情况暂不具体，但如“秦二世诏书文告”简等，无疑具有重要的历史文化价值。

另外，其他与秦有关的简牍材料尚有以下几批：①广西贵县罗泊湾简牍，“上限到秦末”[1]；②安徽阜阳双古堆汉墓，“有的可能到秦代”[2]；③湖北荆州印台简牍，其中“‘编年记’所见有秦昭王、始皇帝……的编年、史实”[3]；④北大藏西汉竹书中有《赵正书》。

1 黄文杰:《秦汉简牍的整理与研究》，社会科学文献出版社，2014年，第17页。
2 同上。
3 同上，第21页。

二、秦简牍书风简论

由于秦代出土材料大多比较晚近，加之数量不多，更有许多研究成果尚在进行阶段而未完全公开，所以关于秦简牍书法特点的研究，尚处于比较薄弱的阶段。孙鹤的《秦简牍书研究》和王晓光的《秦简牍书法研究》是目前为数不多的、以秦简牍书法为研究对象的专著。其他如陈松长的《中国简帛书法艺术编年与研究》等著作，涉及秦简牍书法的内容也不少，研究也比较系统深入。

从文字角度上讲，除了所见最早的“青川木牍”较多地带有小篆字形特点，“岳麓简”《质日》中少量小篆字体，“里耶简”中少量带有小篆倾向的简牍外，其他的秦简牍一般采用的都是古隶体。这说明一个问题：史载秦统一六国后的“书同文”，并非我们通常理解的是以小篆统一全国文字，而是证明在当时的民间其实通行的是“古隶”。

现在我们看到的秦简牍虽然出自不同地域，但相对来讲，时间跨度不大，所以比起战国简牍或两汉的简牍，秦简牍的风格特点相对来说比较统一。但由于存在写手个体差异，加之现在已见的秦简牍绝大部分出土于楚国故地，因此，从一般认识上看，不可避免地会受到楚地书风的影响。因此，秦简牍书风的面貌也呈现出一定的丰富性。整体来讲，秦简牍表现出一种朴实、厚重之美，迥异于战国简牍（比较典型的是楚简）的浪漫佶屈与汉简（典型的是西北东汉简牍）的潇洒纵逸。

从出土材料的地理位置上看，甘肃放马滩秦简出于秦国腹地，当是最能代表纯正的秦简牍文字风格的作品；青川木牍出于秦较早征服地区巴蜀，其书写年代在征服巴蜀后的几年间，因巴蜀土著不著文字，故书写者一定是秦人，也可判断此批简牍文字是较为纯正的秦简牍文字。两批简牍下葬时间相隔数十年，但书写年代可能更为接近，因此，从已有的材料看，对于我们系统地研究秦简牍文字的风格特点具有一定的典范作用。

而相对于比较典型的以上两批秦简牍，其他出土材料大都出土在“白起拔郢”之后的故楚之地（岳麓、北大两批虽然不是科学挖掘所得，但从记载内容大略也可判断如此），显然它们更易混入楚地书风的因素。但是，经过与战国楚简材料的对比，令人惊奇的是，这些秦简材料中，绝少混入楚简构形，可见秦人在占领地区“同文”政策的严格与推行的高效。

对于秦楚书风的比较，是一个相对热门但也非常棘手的问题。现在比较流行的观点认为，除开文字构形上较大的差异外，楚人书风多呈现出下笔尖露、行笔圆畅、收笔锐出且多回钩的特点；而秦人书风往往顿笔藏锋，裹锋而行，收笔平拙。而一些学者在论及两者书风相互影响的情况下，为求简易，往往简单地把这两种倾向当作区分秦楚书风的依据。其实根据“青川木牍”和“放马滩简牍”的实际情况来看，这种所谓的区别是有些立不住脚的。我们考察“青川木牍”，这种文字尚在战国中期，较之其他秦简牍文字保留篆形较多，用笔却并非粗细一致、一味平直，而是在行笔过程中有明显的提按变化，尤其是收笔并非平拙，而是颇见锐气。其中，较容易被我们忽略的17号木牍，由于字迹非常模糊，一般学者很不重视，在论述中基本一带而过。实际上，在为数不多的清晰笔迹中（如图1“不”“为”二字），更能发现它笔调之轻松跳荡，迥异于我们对秦简牍笔法刻板单一的印象，甚至可以说非常接近楚简。而“放马滩简牍”中的甲乙两种日书（图2），甲种用笔的尖露跳荡，比之青川17号牍有过之而无不及，与乙种典型的秦简牍平拙风格有着鲜明的对比。从这两批材料来看，秦人对统一文字的行为和规范固然非常严苛，但在书写性上，不至于规定到一笔一画怎么标准化这么细微死板，所以不能简单依据书写的平拙与跳荡来划分秦楚基本风格。相反，各种风

图 1

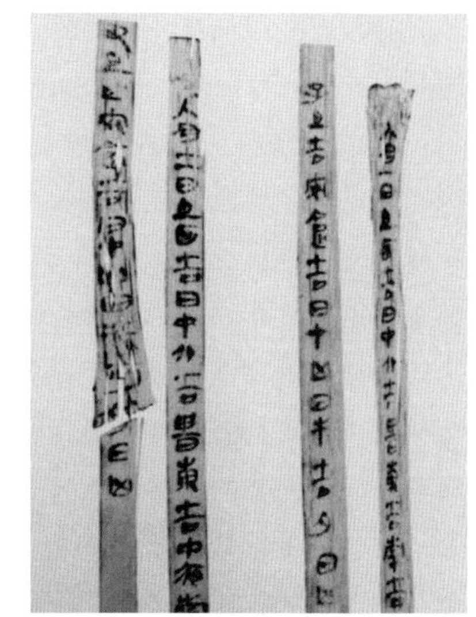

图 2

格同时存在，显然更符合逻辑。

在了解到这一情况后，再看其他故楚所出的材料，平拙与跳荡风格都是兼而有之。在流行的观点中，往往简单地把跳荡风格的作品归为“受楚风影响”的秦简牍书法，其实在没有严肃的文字学证据支持的前提下，是不能妄下结论的。

对于秦简牍书研究，还有一个不容忽视的问题就是，汉初书风受秦简牍影响极大，汉初简帛书风可以与秦简牍书风对比研究。西汉早期的几批材料，如马王堆帛书中《老子甲本》《战国纵横家书》以及银雀山汉简等，其书法的笔调体势等各方面都与秦简牍极其类似。可见秦简牍书风在秦亡后仍然葆有顽强的生命力。当然，再经过汉初一段时间的进化与蜕变，秦简牍的古隶遗存越来越少，汉代简牍最终完成了由古隶书风到成熟八分书风的过渡，中国书法进入了一个新的时代。

三、秦简牍书法创作的思考

秦简牍上的文字，是文字发展史上的一个重要时期，它上接春秋战国文字，下接汉初隶书，中间与小篆并行不悖，是中国文字从古文到隶书过渡中间的一个重要环节。古人由于文献不足，材料缺失，很长一段时间里对古文、小篆、隶书的发展关系产生了较大的误解，而秦简牍材料在当代的大量出土发现，使我们更科学、正确地认识了文字发展过程中的许多重要观点。对于书法艺术的发展来说，秦简牍书法无疑是一种古人所未多见或者已经遗忘的一种新型书体，值得我们去深入发掘和整理、指导创作实践。

当代在对秦简牍书法的研究和创作实践中，有以下几个问题值得仔细思考。

首先就是认清秦简牍文字与古文、篆书、隶书之间的关系，尤其不能把它看成是一种孤立的、纯粹的字体。它处于文字发展的过渡时期，里面包含了丰富的书体信息，熔冶了许多其他书体的特点。所以，我们用秦简牍书体进行书法创作，一定要先兼通古文、小篆、隶书等其他书体，才能做到触类旁通，左右逢源，创作过程才能更加自由自在。否则只会通过查字、集字等比较机械的方法创作，效率低下、技术生硬的结果是必然的，何谈能够正确传达出秦简牍文字的品格与风貌？

其次就是要善于分析和研究。秦简牍书法内部也存在一个发展变化的动态过程。不同时期、不同地域、不同写手等诸多因素的综合影响，造成了秦简牍书风的丰富多样。在运用现有的材料进行创作加工时，无疑需要书法家们具备刻苦钻研的精神，深入研究秦简牍材料中的各种风格，以指导创作实践。

最后，由于秦简牍材料与其他文字材料中具有许多天然的关联性，因此，在进行其他书体创作时，都可借鉴和吸收秦简牍书风中的合理因素进行改造。比如西汉早期简牍书风、东汉简牍书风、汉碑书风等，都可以加入秦简牍书风的厚朴简润；又如小篆创作中，也可以借鉴秦简牍文字中的简省、挪位等造型方法，对传统小篆的结构、用笔等方面进行合理改造。这些思路，无疑是充满挑战又具有现实依据的。

秦简书迹横画起笔问题补说

陈文波

近读徐舒桐《从起笔方式再探战国文字与隶变的关系》[1]一文，获得很多新知。他建立在全面考察战国至汉初简帛文字材料基础上的研究表明，汉初古隶中至少有95%在起笔方式上继承了秦文字中的排他性笔法特征——逆锋起笔，证实了汉隶波状笔画的起笔方式来源于秦文字。我们知道了汉隶的“蚕头”继承自秦文字，那么，秦文字中的这一特征又是如何形成的？这是一个对于隶变研究来说颇有必要的追问，下文将试作讨论，就教于简帛书法研创班诸师友，以为引玉之资。

一般来说，起笔时笔锋接触书写面的角度与将要书写的笔画的行进方向成锐角时，都被认为是逆锋起笔。由于这个锐角角度大小和正负不同（即逆锋起笔时笔锋接触书写面时的方向不同），书写面上会留下不同的起笔形态，概而言之，有以下三种类型（图1）：

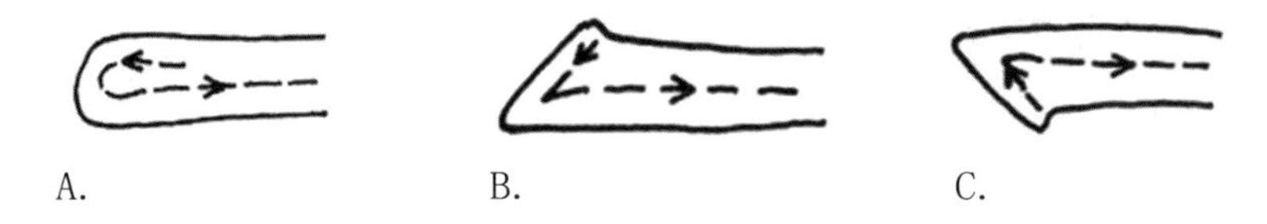

图1　秦文字书迹横画逆锋起笔的三种笔触类型

除了C型比较罕见，A型和B型在秦文字中都频频出现。

A型见于大多数秦文字书迹，是笔锋从右向左（与笔画的方向之间的夹角接近0°）进入书写面留下的笔触，圆润浑厚，不露芒角，在秦文字手书字迹中能够追溯到惠文王时代的秦骃玉版朱书，今举“三”“方”二字的横画为例（图2）。

1　《中国书法》2018年第6期。

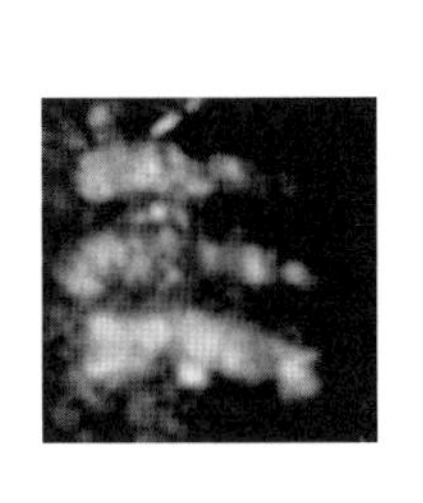

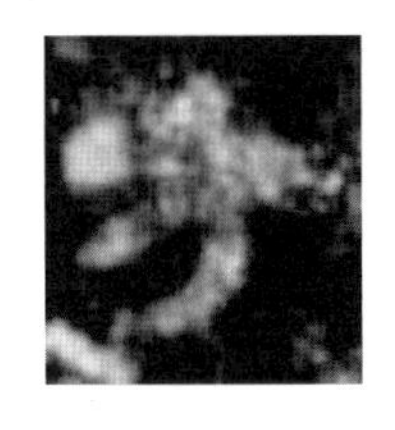

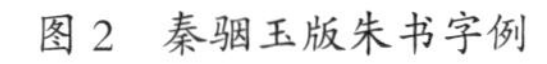

图 2　秦骃玉版朱书字例

图 3　赵孟介壶铭文与侯马盟书（局部）对比图

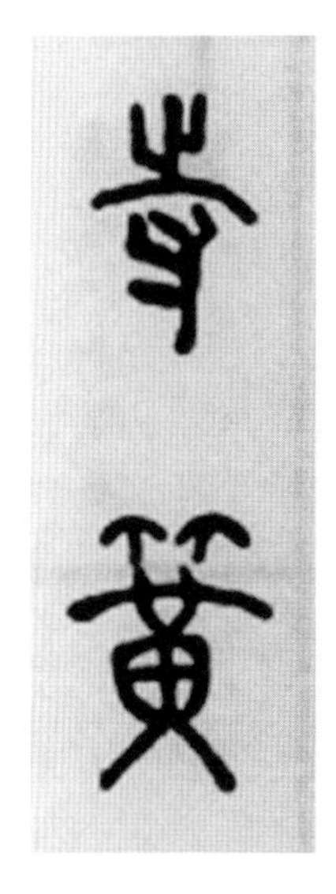

图 4　秦公一号大墓石磬铭文（局部）与漆簧墨书（摹本局部）对比图

这种从秦骃玉版一直延续到秦汉简帛的起笔方式相当于清代碑派书家主张的“裹锋”笔法，留下的笔触形态与代表秦文字正体的规整的金石文字（如《石鼓文》）相近。

裘锡圭曾针对秦文字正俗体关系说过这样一段话：

> 在正体与俗体的关系上，秦国文字跟东方各国文字也有不同的特点。东方各国俗体的字形跟传统的正体的差别往往很大……秦国的俗体比较侧重用方折、平直的笔法改造正体，其字形一般跟正体有明显的联系。[2]

这段话谈的是文字形体，我发现，书法风格的情况似乎可以与之类比。春秋时期，东方国家的金石文字和手书字迹在书风上就已经有了明显的端庄与简率之别，比如，同为晋国文字，赵孟介壶铭文和侯马盟书的风格迥然相异（图 3）。但秦国毛笔手书字迹和金石铭文的书风差异却远没有那么大，秦景公大墓出土的一件漆簧上有四个墨书字迹，目前未见高清照片，从《秦文字类编》所收摹本来看，藏头护尾的笔画形态与同墓所出的石磬铭文差异并不太大，只是结体有错落与严整之别（图 4）。秦文字的这一现象到了秦始皇统一以后仍然局部地存在，如岳麓秦简《卅四年质日》简背的小篆篇题（图 5）和里耶秦简中的一些小篆书迹，都呈现出笔画

2　裘锡圭：《文字学概要》，商务印书馆，2013 年。

图5　岳麓秦简《卅四年质日》简背篇题

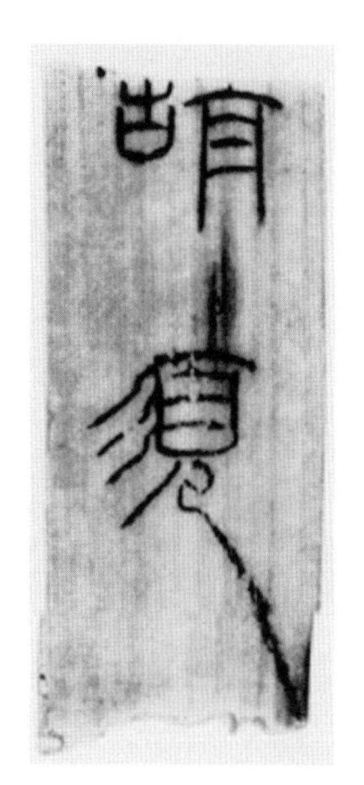

图6　里耶秦简(壹)8—1776、8—204背(局部)

瘦劲停匀、结体整饬修长的特征(图6)，和琅琊台刻石、峄山刻石等秦代石刻篆文的风格基本吻合。

战国中期，秦文字的俗体才刚刚发展起来，书风在较大程度上受到正体的影响。秦骃玉版的情况颇能说明这一问题，甲版正面和甲版背面、乙版虽在形体构造上略有不同，[3]但结体和章法都基本一致。当然，不必机械地认为甲版背面和乙版的朱书文字笔法与甲版正面的刻铭有直接关系(事实上甲版正面的铭文是单刀刻成的，也根本无从谈论笔法)，诸如《石鼓文》等稍早些的金石铭文反映的正体书风应该也是当时秦国知识阶层视觉经验的重要组成部分。笔者推测，A型起笔源于战国中期秦人书写刚从正体中脱胎的俗体时，在相对保守的文化传统和思想心态的影响下，对镂于金石的正体字笔画形态的模拟。

B型是笔锋自右上向左下(与笔画的方向成45°左右夹角)进入书写面留下的笔触。这种起笔在秦武王时代的青川木牍中已具规模，为北大秦简《鲁久次问数于陈起》(图7)、睡虎地秦简《效律》(图8)等书迹所全面继承。

以青川木牍为例，不少横画的起笔都把逆锋动作做得相当到位，锋芒毕露，甚至不无夸张意味，如16号木牍首行的“一”“王”以及第二行的“三”“二”等字都是非常明显的例子(图9)。

3　郭永秉:《有关隶书形成的若干问题新探》,《古文字与古文献论集续编》,上海古籍出版社，2015年。

图7　北大秦简《鲁久次问数于陈起》(局部)

图8　睡虎地秦简《效律》(局部)

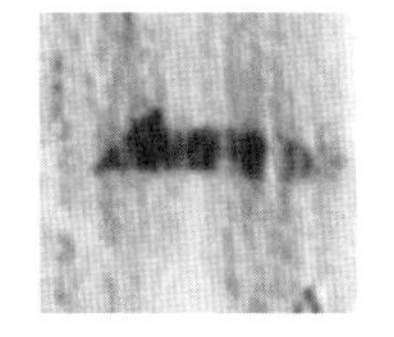
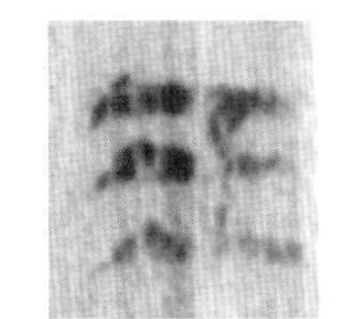
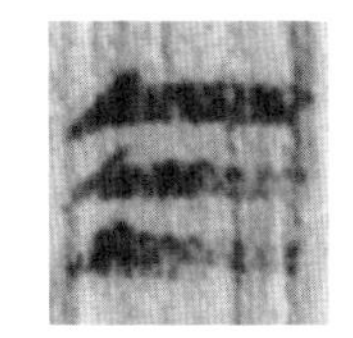
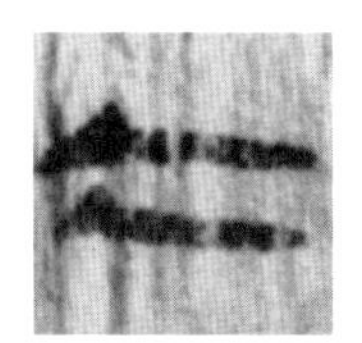

图9　青川木牍字例

如此稳定、成熟的用笔动作显然要经过一个发展过程后才会形成，这意味着它应有更早的来源。不过，由于目前所能知见的战国中期以前的秦文字手书字迹资料很有限，其形成过程早期阶段的情况暂时还无法被确切了解。孙景宇对此做过如下推断：

> 撇细捺粗的现象，很明显是运用侧锋甚至是偏锋造成的。由此可以推测，秦人习惯于笔杆朝右上的执笔法，写横、竖时都是侧锋，故横竖等粗；写撇时是中锋，笔锋与简牍表面的接触面积小，故写得很细；写捺时笔锋与笔画成九十度夹角，也就是偏锋，笔锋与简牍表面的接触面积大，故写得很粗。……秦隶体势左高右低，有时倾斜角度相当大，应该是笔杆向上倾斜的角度特别大，书写时近乎逆锋。[4]

我认为他的这段话不尽符合实际情况。第一，侧锋或者偏锋

4 《八分体起源研究——以西汉早期笔法分析为例》,《荣宝斋》, 2016年第4期。

并不是造成撇细捺粗的唯一原因，更常见的原因应该是，若在书写过程中不及时调整笔锋使之聚拢，它就会变成排刷状，此时沿着平行于笔毫排列的方向书写，笔道自然就细了，而沿着垂直于笔毫排列的方向书写，笔道自然就粗了；第二，秦文字横竖粗细不等的情况有很多，比如横粗竖细者在岳麓秦简《为吏治官及黔首》中就屡屡出现（图 10），横细竖粗者也不乏其例（图 11），所以以横竖等粗为根据来推测执笔法恐怕不妥当；第三，里耶秦简中一些“体势左高右低”且“倾斜角度相当大”的潦草字迹恰恰是用顺锋写成的（图 12），笔杆向上倾斜极不便于完成这样的书写动作。不难想见，一时一地众多书写者的执笔方法千差万别，秦人执笔的实际情况比他的推测复杂得多。退一步说，他所推测的执笔法即使确实为一部分秦人所用，也不具有代表性。

虽然执笔方法的个体特征远比地域特征突出，不可能所有秦人都用同一种执笔法，但孙景宇的这个略显机械的意见对 B 型起笔的形成却具有一定的解释力，可备一说。不过，我认为，B 型起笔更可能的起源是 A 型的简捷化。A 型相当于“裹锋”，B 型则近于斜切，呈现出向顺锋切入纸面的起笔方式靠拢的趋势。从逆锋起笔到顺锋起笔，其便捷程度是递增的，也就是说，越接近顺锋，就越有利于提高书写速度，秦简中越是潦草的字迹，就越频繁使用顺锋起笔，这一情形直观地反映在里耶秦简中。在羽檄纷飞的多事之秋，提高书写效率的重要性不言而喻，A 型起笔的“裹锋”动作过于繁复，不便快速书写，因此，人们在它的基础上进

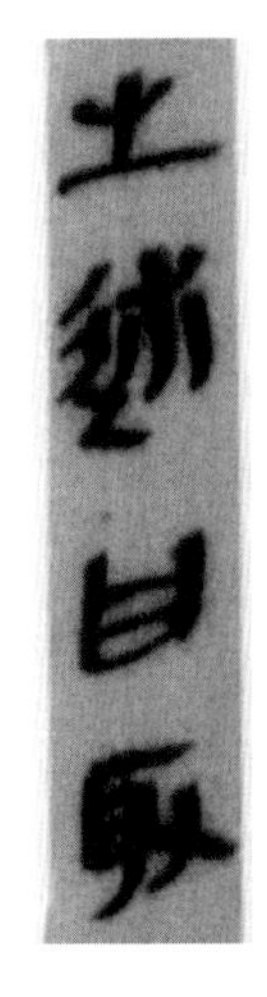

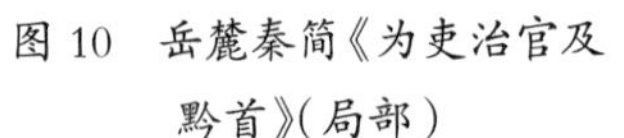

图 10 岳麓秦简《为吏治官及黔首》（局部）

图 11 岳麓秦简《数》（局部）

图 12 里耶秦简 8—119

行简化，B 型起笔在这样的背景下应运而生，与 A 型长期共存于秦系文字书迹中。

在具体的书写实践中，这两种起笔笔触形态并不总是和上文所示的抽象模型完全一致，由于笔锋进入书写面的角度、动作幅度等因素都存在一定程度上的不确定性，笔触形态也会随之出现偏差甚至变异，但总体来说并未改变逆锋的本质。值得注意的是，有一种较为常见的偏差呈现出上述两种起笔方式合流的倾向，具体表现是，起笔方向仍循 B 型之成法，但在笔锋进入书写面之后增加了一个幅度较小的转锋动作，使笔触趋于圆润，锋芒较为收敛，今举数例（图 13）：

（里耶秦简）

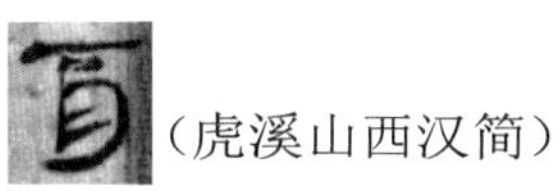（虎溪山西汉简）

（走马楼西汉简）

（北大汉简《苍颉篇》）

（敦煌汉简《传马名籍》）

（《孔宙碑》）

图 13　A、B 两种逆锋起笔方式的合流趋势

在日常书写场合中，书写者不必过多地考虑笔触形态是否足够完美或者符合某种特定的标准，便捷才是首要的追求，糅合 A、B 而成的起笔方式有着更大的书写自由度，因而在八分书中更常见，可以说在汉隶中具有了主流的地位。

里耶秦简牍的临写与创作研究心得

张 文

随着中国考古事业的突飞猛进，秦简陆续出土，我们得以亲见隶书演进过程中重要的环节——秦隶（古隶）形态，并由此了解周朝到秦代一系实用手书体发展中的一些真相，特别是战国后期到秦代古隶的真实面目。尤其是秦简墨书，对于当代书史研究、书法创作，都有着重要价值。秦简书法是中国书法的珍贵遗产，完全可以与帖、碑三足鼎立。2002 年 6 月在里耶城发现的秦简，被认为是中国进入 21 世纪以来最重大的考古发现，里耶秦简不但使人们更加了解秦朝历史，而且对中国书法史具有重大的意义。作为简帛书法艺术研创班中的一名学员，如何继承、发展、创新里耶秦简书法艺术是摆在面前的一个重要课题，也是一项重大的使命。

一、里耶秦简牍的内容

里耶秦简牍共计三万六千余枚，十多万字，几乎相当于现存秦简的十倍，它的发现已改写中国书法史秦以小篆为官体的传统书学观点。里耶秦简绝大多数是木质，是秦朝洞庭郡所辖的迁陵县政府档案，字数超过二十万，很多是前所未闻的珍贵史料，均为毛笔墨书；且形式多样，并非随意制作。《发掘简报》称："最多见的长度为 23 厘米。宽度不一，有 1.4、1.5、1.9、2.2、2.5、2.8、3.2、3.4、3.6、4.2、4.8、5 厘米等。其宽窄是根据内容的多少决定的，一般一简一事，构成一篇完整的公文……也有宽达 10 厘米以上或长 46 厘米以上的异形简牍。另有少量的不规则简牍。"晚周及秦汉 1 尺约等于 23 厘米，由此可知，里耶秦简多为古之"尺牍"。内容包括人口、土地、物产、赋税、仓储、军备、邮驿道路、律令、吏员设置等当时社会的各项事务，为我们提供了了解秦朝基层社会运作、百姓生活情形的详细资料。简牍字迹或圆熟平和，或规整方正，或笔力沉劲，锋芒稍露，或稚拙凝重，更有数百枚习字简，记下了这批书家群体握笔之始的匆忙。有别于云梦秦简单行书写的方式，里耶简牍为书手们提供了宽裕的用笔空间，如第九层1至12号木牍，一牍五六行，行20至30字，墨迹犹新，工整严谨中不失活泼流畅，或缓急得宜，或轻松灵动。

二、里耶秦简牍的艺术价值

从书法艺术角度看，里耶秦简正面谨饬的正体和背面活泼纵意的草写形成鲜明对比，风格多样，让我们得以窥探两千多年前正、草两种手写体形态。就文字演进层面讲，潦草书写乃活跃的流变载体，比较集中地体现着字体演进特征，笔顺、笔势、笔画组构以及字形等的变异，在长期俗体快写中积微至巨，以致质变。就如丛文俊老师向我们阐述的："当隶变书写性简化达到一定程度之后，这种潦草随意的书写就会引发笔画的进一步省并牵萦，形成草隶的分化和异途发展……西汉以后，潦草化倾向的快速发展，致使草、隶二体分途，工整者日趋成熟形成隶书式样，潦草者不断省并牵萦而近于章草，书体形象与前期相反。"可见，里耶秦简牍上的草写不完全等同于后世的"草书""草体"概念，而仅仅是当时手写正体的快写而已，这种基于实用的快写免不了随意、潦草、约省，却得到了意想不到的效果。

三、里耶秦简牍法帖的筛选

里耶秦简有多种风格的字体，其一是与云梦秦简一样典型的偏于隶书的字体，其二是比龙岗木牍更为古雅的偏于小篆的字体，其三是少量以楚文字笔意书写秦篆的作品。笔者在简帛书法艺术研创班选择临习法帖时，尤喜与云梦秦简一样典型的偏于隶书的字体风格，根据自身的书写特点，与导师商量后，确定以《里耶秦简1》作为重点研习范本。

四、里耶秦简牍书法艺术的临创

临《里耶秦简1》要弄清它所具备的艺术特征。

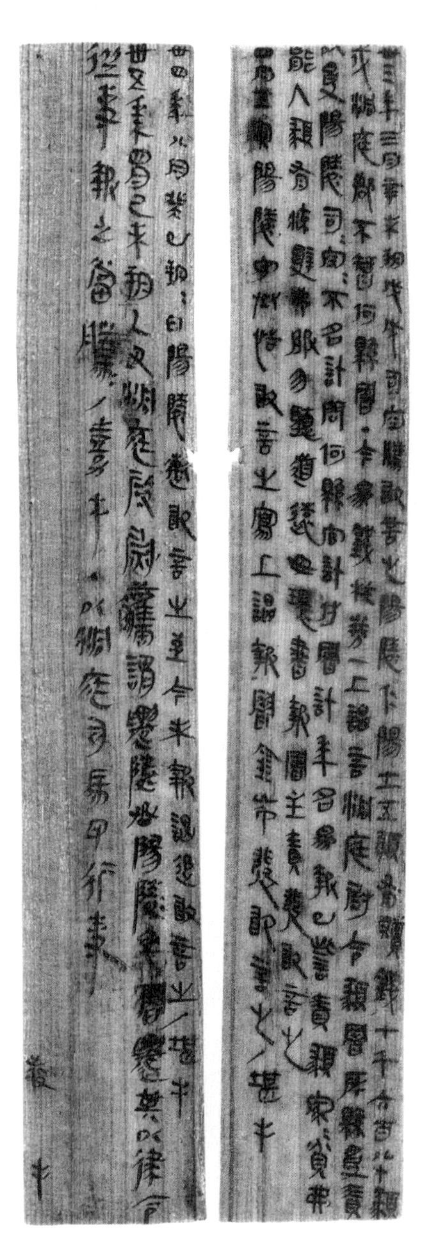

里耶秦简(局部)

(一)笔法

作为秦代真正的实用书体，里耶秦简牍确乎可补书史之阙。与石刻文字相比，此简更直接体现了毛笔笔法的丰富性。其形体中仍然保存有大量的母体痕迹，篆隶混杂，仍留有大量的篆书圆笔中锋的笔法。且论笔法之精谨，蝇头大小的单字之内，在“精谨”的统一基调之下，竟然可以表现出如此丰富而高妙的用笔技巧！横画如轻燕掠水，竖画似玉箸悬空，斜笔潇洒荡漾，曲笔圆润流转，可谓美轮美奂，目不暇接！在存世“古隶”墨迹中，里耶秦简牍的艺术价值是非常突出的。其起笔时锋毫运行可以归纳成两种方式：一是全逆式回（调）锋起笔，二是半逆式回（调）锋起笔。而点画收笔大体可归纳为回锋、戛止、出锋等几种方式。从里耶秦简还可以看出，秦人的调锋、裹毫、中锋行笔法，乃后人广为推崇的逆锋起笔、藏头护尾法的早期操作形态，“逆入平出”等写法在秦简中也颇有体现，集中于长横、捺、撇等笔画上。

(二)里耶秦简牍墨书的点线与字形

平行、均衡排列的点线。裘锡圭先生曾指出，在整个春秋战国时代里，秦国文字形体的变化，主要表现在字形规整匀称程度的不断提高上。里耶秦简牍文字构形同样是“点线平行均衡列置”。单字内点线一般做平行、等距列置，同类、同方向点线平行排列，如横势画、竖势画、斜势画分别平行、匀齐列置；点线间常作等距离、匀齐布置。如："陽"字，左"阝"三个半圆弧笔呈极规律的等宽同形排列，其线势与右上的"日"点线走向一致，右下部的"勿"四笔左下向斜画相互平行，如此完成匀齐、协调的字内点线组合及空间安排。

（三）字势内敛，包裹式字形更开张

这是因为里耶秦简牍有以下特点：①点线收缩得不是特别紧密；②字形多呈纵长形；③长尾笔较多。在后两点上，里耶秦简牍颇似龙岗简。略显开张的字势让里耶秦简牍文字呈现出松弛、散淡的情调。

（四）纵向连贯性与章法

里耶秦简牍一个显著特征就是通篇笔势上的一致性和字间连续性。虽然单字个个独立，却笔势相承。字数较多的简片，字间都有不错的承接关系，形成一定的"势"。研究表明，这种"势"的贯通大约来自三方面：

1. 点画笔触形象始终统一；

2. 平行、均衡的点线结构；

3. 较快速的书写自然形成的"动势"引发了字间的承续意味。

纵向连贯感相当程度上取决于书写速度，《里耶秦简 1》的背面草率书写就增加了这种特色。由此可见，秦文字隶变早期，草写系统逐渐改造着同时期的正体写法，推动着隶变不断前涌；到汉初，已具规模的新体隶书与一直存在的草写系统渐渐分途而行，终成汉隶与草书（章草）。草写倾向有着积极意义，前期的求直取向加速了隶变进程，之后的曲势追求又带来新天地，章草、今草、行、楷都由此萌发。

与秦刻石状如算子的形式相比较，里耶秦简牍早已具备了后世纸上书法章法经营的理念：行间极尽参差错落之能事，单字务求修短舒张之变化。特别是《里耶秦简 1》一类书写相对自由的作品，其章法之美，更具天成偶得之趣：违而不犯，和而不同。干枝扶疏，花叶鲜茂；所谓规矩谙于胸襟，运用臻乎精熟，容与徘徊，翰逸神飞，其此之谓乎？质言之，里耶秦简牍的章法在书法史上有着独一无二的地位。

云梦睡虎地秦简的书风微探

龙光斌

汉字从甲骨文而至于今文，其间点画勾捺的字符已逾三千余载，饱含了中华民族的智慧。然而不同的时代运用不同的书写工具和材料形成了不同的书体风格。近四十年来，随着云梦睡虎地秦简、岳山秦牍、杨家山秦简、周家台秦墓简牍、王家台秦简、青川木牍、放马滩秦简、里耶秦简、益阳兔子山秦简的相继出土，岳麓书院抢救性收购的岳麓秦简以及北大秦简的面世，共计十二批五万余枚，地域分布广，内容涉及面多，是研究秦代人文、社会、政治、军事、法律、数学、文字等诸多方面的珍贵史料。论其书法，秦简牍书体的出现可谓是承上启下，上承金、篆，下启隶、楷，尤以篆隶独特姿态而存在，极大拓展了学习者的视野，对书法流变产生重要影响，在书法史上举足轻重。由于文字内容丰富，且出自众多书手，为秦简书法爱好者提供了无限可能。

云梦睡虎地秦简是秦简牍材料中出土最早的，较其他秦简而言我接触要稍早些。它共 1155 枚，残片 80 枚，近四万字，这些竹简长 23.1—27.8 厘米，宽 0.5—0.8 厘米，分上、中、下三道编结，按顺序编组成册，内文为墨书秦篆，写于战国晚期及秦始皇时期，反映了篆书向隶书转变阶段的情况，是我国最早的隶书，亦称为古隶。主要为《秦律十八种》《效律》《秦律杂抄》《为吏之道》《日书》《叶书》等十部分，内容多为法律文书，书体属于秦隶，观其墨迹逾二十余位书手，风格迥异，总体上疏朗工稳、沉浑大气、高古雅致。下面就笔者比较喜欢的几种简进行梳理。《秦律杂抄》总 42 枚，从书写风貌来看是一位书手完成，字势左低右高，逆锋起笔，中锋运笔，收笔回势（见第 26 简），使得字型圆融平稳、轻捷匀净（见第 25 简）。《效律》整体笔画匀称，较《秦律杂抄》更为平稳，字型修长，字内纵向空间拉得比较开，起笔大多逆入后下切顺势中锋行笔（第 4 简）、（第

22简），收笔时方笔明显增多。大多数学者及书家认为《秦律杂抄》与《效律》出于同一书手，笔者通过认真比对，并不认同这一说法，以“上”字为例：

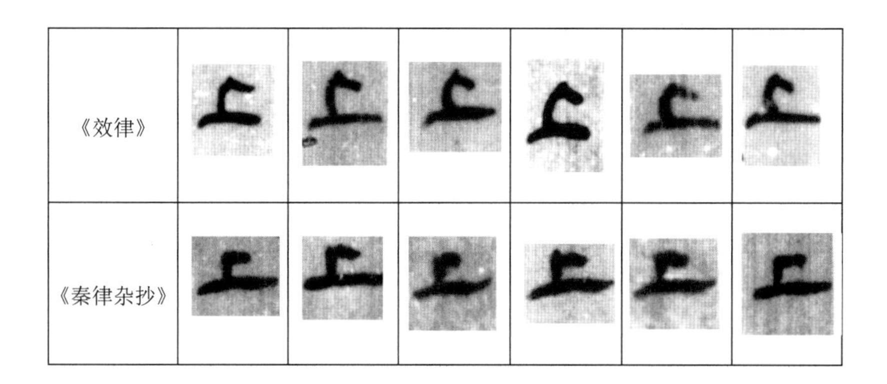

“上”字最大的区别在于“竖”与“横”，《效律》中的“上”字的竖弧度较为夸张，第一笔短横势是向下，《秦律杂抄》中“上”字的竖成90°垂直，第一笔短横势是向上。《秦律十八种》共201枚，字型丰富，书写性极强，运笔有楚简的洒脱，（第23简）节奏明快，粗细对比强烈，（第5简）方圆曲直，意趣盎然。《为吏之道》整体风格最为突出，共有51枚，书写于秦统一之前，字形生动活泼（第14简），用笔高古（第27简），起笔呈逆势，中间饱满收笔较尖，内收外放非常舒展。

《叶书》一共53枚简，最大的特点是字的体势倾斜，分为右上倾斜[如图：（第24简第1字）]和右下倾斜[如图：（第4简第1字）]。以右上倾斜为主，从风格上看是出自一个书手，整体书写性极强，行笔疾驰有度，中锋、藏锋、逆锋用笔，提按明显，下笔与收笔果断，让笔者想起蔡邕在《九势》中所提到的：“藏头护尾，力在字中。”笔画粗细对比明显（第14简第9、10字），横轻竖重明显，点画浑圆，字内外空间十分疏朗，开合有法。以全文最多的一个字“年”字为例，共89字，能肉眼清晰分辨原简约为六十五字，“年”（如下图表）字结体变化丰富，笔画粗细与字的长短等几无雷同，尤为突出的是最后的竖笔变化甚为精彩。

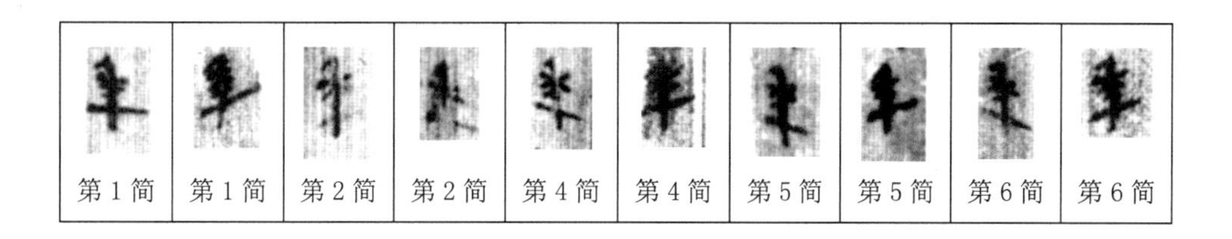

第1简
第1简
第2简
第2简
第4简
第4简
第5简
第5简
第6简
第6简

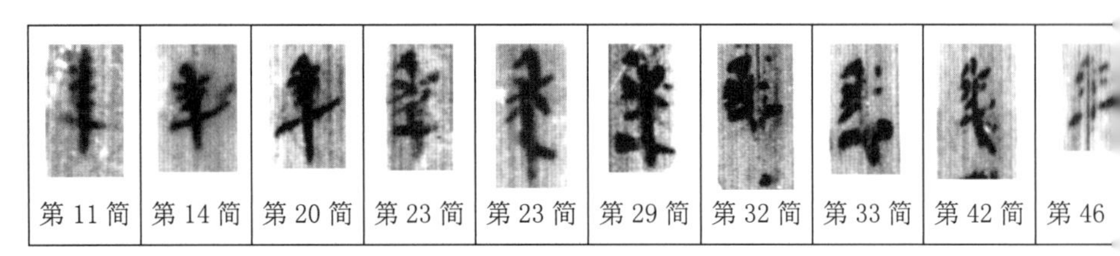

《叶书》中形态各异的“年”字

《日书》是笔者个人最喜欢的一类，分为《日书甲种》《日书乙种》共 425 枚，是云梦睡虎地秦简中保存最多的一种简，关于甲种与乙种的内容与书体的某些联系，学术界还存在着较大争议。《日书甲种》虽然只有 166 枚，但是分双面，且文字小而密，内容和字数远比乙种多。据笔者不成熟的推断，这批简至少由三位书手完成。

整体来看，书写性极强，结体较乙种宽博，横轻竖重，隶变也非常明显。部分字型与《银雀山汉简》极为相似，如：“将”“可”“死”“时”等字。就用笔而言，逆锋切笔取势转中锋行笔，切笔时大多未向下按、（见第 9 简）。收笔多见方圆转化（见第 6 简）、（见第 100 简），同一字中笔画粗细对比非常强烈（见第 3 简），使得整体视觉冲击力很强。《日书乙种》共 259 枚简，笔势遒劲，浑厚内敛，外柔内刚，力在字外。点画间粗细对比没有甲种明显（见第 67 简），1 至 13 简字距拉得非常开，并且每个字的大小匀称，字字重心与简垂直，多用圆笔，字型浑实；字外空间拉得较开，非常挺拔、俊雅（见第 13 简），做到了无往不收，无垂不缩。14 简之后风格变化明显，字的大小节奏变化丰富，笔画收放更为洒脱，方笔较多；每个字的重心根据字的大小进行安排，但能保持每一根简上的字整体重心平稳，

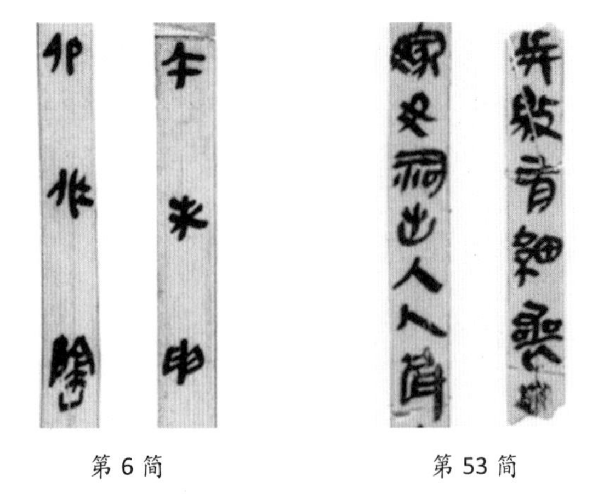

第 6 简　　第 53 简

章法自然，正如虞世南所云：“粗而能锐，细而能壮，长者不为有余，短者不为不足。”可见是一位资深书手之作。

风格比较突出的还有11号木牍和6号木牍。11号木牍轻盈曼妙，稳秀飘逸，随意率真，开合有度，浑然天成。其字势右下倾斜，逆锋起笔后裹锋行笔，节奏明快，撇捺拖长，收笔果敢，有秋风徐来之势，非常灵动、隶味十足，可谓神融笔畅，俱得从心。而6号木牍相对11号木牍来说用笔厚重饱满，属高古沉厚一路，点画波磔，精道朴实，端厚严谨，篆意稍浓。两种书体风格迥异，只可惜文字太少不便于学习。

11号木牍

6号木牍

随着秦简的大量出土，尤以里耶秦简、岳麓书院藏秦简等重要史料的面世，从文字的流变来看，在篆体向隶书演进的特定历史进程中汉字呈现出的高古拙雅之美，是书法史上不朽的一座里程碑。面对浩瀚的秦简书体，让笔者既欣喜又惶恐，描形不难，难在写神。只有不断地澄神静虑、秉笔思生，方能入微。

学员作品

高永康　1994年生，山东淄博人。2016年毕业于南京艺术学院书法篆刻专业，现南京艺术学院书法篆刻专业硕士在读，师从朱友舟教授。

条屏《琵琶行》

陈文波 1991 年生，广东肇庆人。复旦大学中文系学士，复旦大学出土文献与古文字研究中心硕士。现为中国书法家协会会员。多次入选中国书法家协会主办的展览，全国第三届篆书展获奖提名。多篇书法史论文发表于《中国书法》等刊物，并多次在中国书法家协会等机构主办的学术研讨会中获奖。

条幅《韩非子》

张文 1979年生。长沙市简帛委员会委员。入展“天下大同·魏碑故里”全国书法作品展、全国第三届篆书作品展等。

条幅《李斯狱中上书》

童玮 1979年生于江西弋阳，祖籍浙江兰溪，现居广东中山。现为江西省书法家协会会员、江西鄱湖印社理事、中山沐贤书画院院长、上饶书法院院士、珠海市书法家协会会员。

条幅《司马光诗选》

天命之謂性率性之謂道脩道之
謂教道也者不可須臾離也可離非
道也是故君子戒慎乎其所不睹恐懼
乎其所不聞莫見乎隱莫顯乎微故
君子慎其獨也喜怒哀樂之未
發謂之中發而皆中節謂之和中
也者天下之大本也和也者天下之達
道也致中和天地位焉萬物育焉

敬錄四書五
經之中庸篇
[illegible]宗戊戌臘
月十一日荷
彩堂陳苗夫
于[illegible]湖之畔

陈苗夫（原名陈夫苗）
1976年生，汕头人，书法硕士。中国书法家协会会员，广东省书法家协会会员，广东省书法评论家协会理事，广东省青年书法家协会隶书委员会主任，岭南印社理事、副秘书长兼发展（国学）委员会主任。

条幅《中庸》

曹酉　1965年生。西南大学园艺系毕业，农艺师。现为贵州省书法家协会会员，乌当区书法家协会名誉主席。

鄭伯克段于鄢

初鄭武公娶于申曰武姜生莊公及共叔段莊公寤生驚姜氏故名曰寤生遂惡之愛共叔段欲立之亟請于武公公弗許及莊公即位為之請制公曰制巖邑也虢叔死焉佗邑唯命請京使居之謂之京城大叔祭仲曰都城過百雉國之害也先王之制大都不過三國之一中五之一小九之一今京不度非制也君將不堪公曰姜氏欲之焉辟害對曰姜氏何厭之有不如早為之所無使滋蔓蔓難圖也蔓草猶不可除況君之寵弟乎公曰多行不義必自斃子姑待之既而大叔命西鄙北鄙貳于己公子呂曰國不堪貳君將若之何欲與大叔臣請事之若弗許則請除之無生民心公曰無庸將自及大叔又收貳以為己邑至于廩延子封曰可矣厚將得眾公曰不義不暱厚將崩大叔完聚繕甲兵具卒乘將襲鄭夫人將啟之公聞其期曰可矣命子封帥車二百乘以伐京京叛大叔段段入于鄢五月辛丑大叔出奔共書曰鄭伯克段于鄢段不弟故不言弟如二君故曰克稱鄭伯譏失教也謂之鄭志不言出奔難之也

臨戰國縱橫家書抄古文鄭伯克段于鄢　戊戌冬月　曹酉

中堂《郑伯克段于鄢》

龙光斌 1983年生于贵州龙里，祖籍江西，现居贵州贵阳。供职于贵阳孔学堂文化传播中心、孔学堂书画研究院。贵州省美术家协会理事，贵州省青年美术家协会副主席、秘书长，贵州省青年联合会第十届委员会委员。

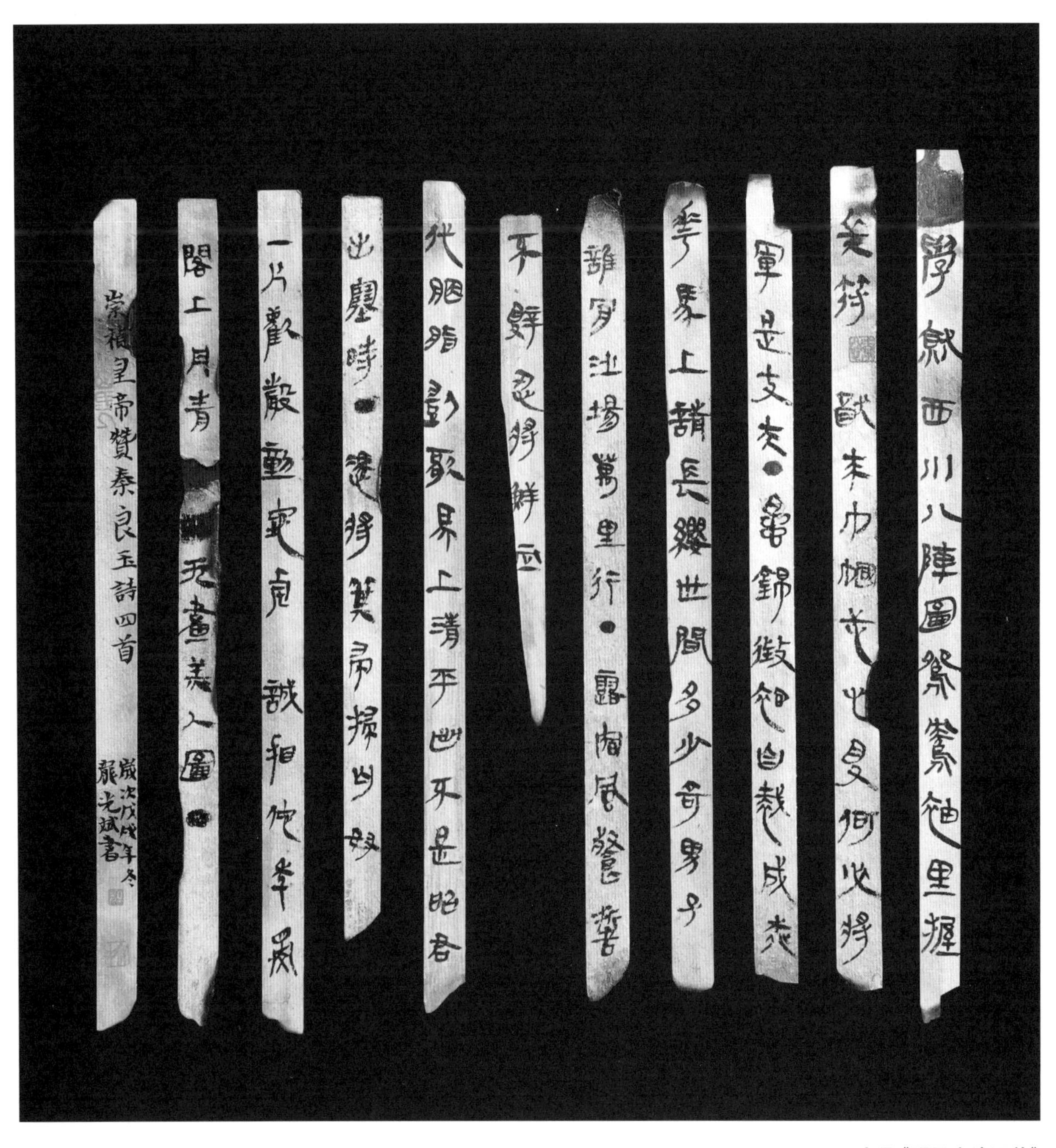

小品《明思宗诗四首》

唐涛 1964年生，安徽砀山人。现为安徽省书法家协会会员、中华诗词学会会员、安徽省诗词学会理事、《安徽吟坛》责任编辑。

湯征諸侯葛伯不祀湯始伐之湯曰予有言人視水見形視民知治
不伊尹曰明哉言能聽道乃進君國子民爲善者皆在王官勉哉勉
哉湯曰汝不能敬命予大罰殛之無有攸赦作湯征 史記
子曰危者安其位者也亡者保其存者也亂者有其治者也是故君子安
而不忘危存而不忘亡治而不忘亂是以身安而國家可保也易曰其亡
其亡繫于苞桑 周易 子曰見善如不及見不善如探湯吾見其人矣吾聞
其語矣隱居以求其志行義以達其道吾聞其語矣未見其人也 論語
合抱之木生于毫末九層之臺起于累土千里之行始于足下爲者敗之執
者失之是以聖人無爲故無敗無執故無失民之從事常于幾成而敗之慎
終如始則無敗事 老子 神農氏沒黃帝堯舜氏作通其變使民不倦神
而化之使民宜之易窮則變變則通通則久是以自天佑之吉無不利 周易
錄習近平主席講話用典五則 時在戊戌夏月古陽郡唐濤書

条屏《习主席用典选录》

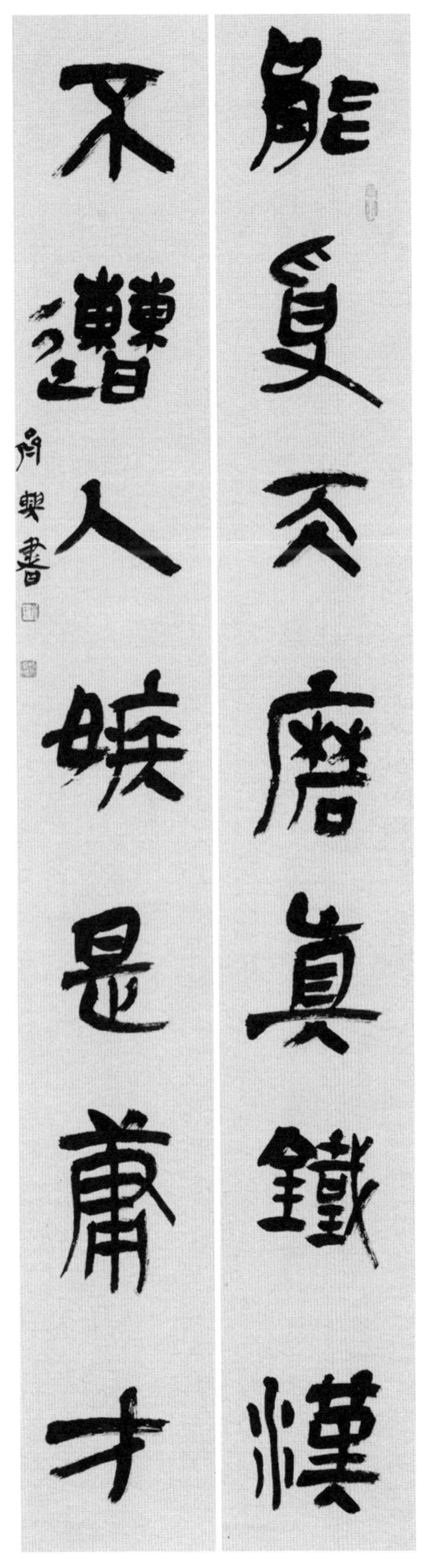

对联《能受不遭》

齐兴 1973年生于贵州镇宁，中学美术高级教师。现为中国书法家协会会员。

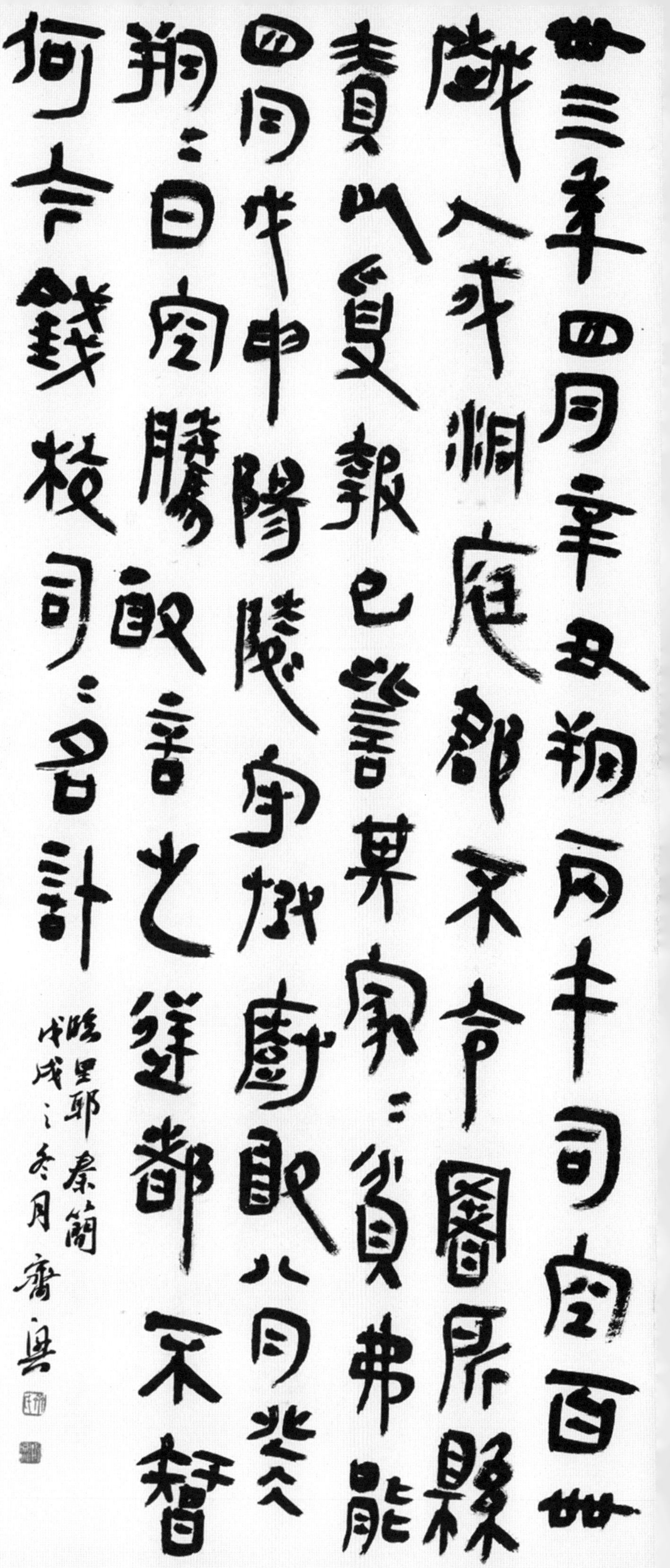

中堂《临里耶秦简》

赵广曙 1965年生，安徽庐江人。中国书法家协会会员。庐州书画院院长。

简册联屏《临岳麓秦简》

若晝夢亟發不得其日以來為日不得其時以來為時醉飽而夢雨變氣不占晝言而莫夢之有

□□□□者□□□始□□□之時亟令夢先春日發時夏日陽秋日閉冬日臧占夢之道必順四時而豫

其類毋失四時之所宜五分日三分日夕吉兇有節善羛有故甲乙夢開臧事也丙丁夢憂也

戊己夢語言也庚辛夢喜也壬癸夢生事也甲乙夢伐木吉丙丁夢失火高陽吉戊己□□

宮事吉庚辛夢功山鑄鐘吉壬癸夢行川為橋吉晦而夢三年至夜半夢者二年而至雞鳴夢

□□叟晝燥陰為水下有資春夏夢亡昜享夢豕為宮中了有內資□□□

□□□□久得發故夏木亡新夏有發門行外秦·鼠夢亡昜享□□□□□□□

女子而夢乙其泰從[illegible]門[illegible]得遺河其占大貴人夢見[illegible]得君子好言□

春夢飛登丘陵緣木生長燔桑吉□□□□□□□□□夢陽二去夢也□□□□□□

夢歌帶[illegible]玄有憂不然有疾□□□□□□□□夢有支各身身者了有內資

夢亡其[illegible]帶備[illegible]母器者各其所喪□□□夢亡陽者毛之相各也

岳麓書院藏秦簡第一卷收錄占夢書簡共四十八支今選錄其中十一支[illegible]年三月[illegible]寫於[illegible]州[illegible]

简册联屏《临岳麓秦简》

邓红娣(弟) 1972年生，祖籍广东乐昌，广东省珠海市香洲区第七小学美术教师。现为珠海市青年书法家协会副秘书长、江西鄱湖印社社员。

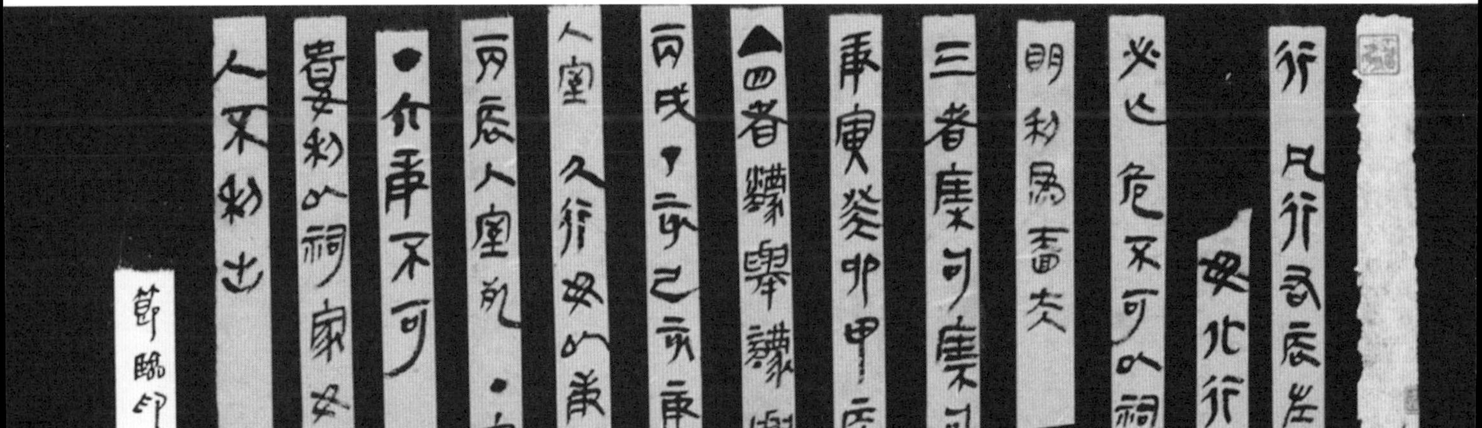

小品《临印台汉简》

杨玲 1982年生，心理学硕士。作品入展湖南省书法家协会第二届临帖展、“书道湖湘 墨韵芳菲”湖南省女书法家作品展、湖南省书法家协会首届篆书作品展。

条屏《古诗十九首选》

李斯諫逐客書

秦宗室大臣皆言秦王曰：諸侯人來事秦者，大抵為其主游間於秦耳，請一切逐客。李斯議亦在逐中。斯乃上書曰：臣聞吏議逐客，竊以為過矣。昔繆公求士，西取由余於戎，東得百里奚於宛，迎蹇叔於宋，來丕豹、公孫支於晉。此五子者，不產於秦，而繆公用之，并國二十，遂霸西戎。孝公用商鞅之法，移風易俗，民以殷盛，國以富彊，百姓樂用，諸侯親服，獲楚、魏之師，舉地千里，至今治彊。惠王用張儀之計，拔三川之地，西并巴、蜀，北收上郡，南取漢中，包九夷，制鄢、郢，東據成皋之險，割膏腴之壤，遂散六國之從，使之西面事秦，功施到今。昭王得范雎，廢穰侯，逐華陽，彊公室，杜私門，蠶食諸侯，使秦成帝業。此四君者，皆以客之功。由此觀之，客何負於秦哉！向使四君卻客而不內，疏士而不用，是使國無富利之實，而秦無彊大之名也。今陛下致昆山之玉，有隨、和之寶，垂明月之珠，服太阿之劍，乘纖離之馬，建翠鳳之旗，樹靈鼉之鼓。此數寶者，秦不生一焉，而陛下說之，何也？必秦國之所生然後可，則是夜光之璧不飾朝廷，犀象之器不為玩好，鄭、衛之女不充後宮，而駿良駃騠不實外廄，江南金錫不為用，西蜀丹青不為采。所以飾後宮充下陳娛心意說耳目者，必出於秦然後可，則是宛珠之簪，傅璣之珥，阿縞之衣，錦繡之飾不進於前，而隨俗雅化佳冶窈窕趙女不立於側也。夫擊甕叩缶彈箏搏髀，而歌呼嗚嗚快耳目者，真秦之聲也；鄭、衛、桑間、昭、虞、武、象者，異國之樂也。今棄擊甕叩缶而就鄭衛，退彈箏而取昭虞，若是者何也？快意當前，適觀而已矣。今取人則不然，不問可否，不論曲直，非秦者去，為客者逐。然則是所重者在乎色樂珠玉，而所輕者在乎人民也。此非所以跨海內制諸侯之術也。臣聞地廣者粟多，國大者人眾，兵彊則士勇。是以泰山不讓土壤，故能成其大；河海不擇細流，故能就其深；王者不卻眾庶，故能明其德。是以地無四方，民無異國，四時充美，鬼神降福，此五帝三王之所以無敵也。今乃棄黔首以資敵國，卻賓客以業諸侯，使天下之士退而不敢西向，裹足不入秦，此所謂藉寇兵而齎盜糧者也。夫物不產於秦，可寶者多；士不產於秦，而願忠者眾。今逐客以資敵國，損民以益讎，內自虛而外樹怨於諸侯，求國無危，不可得也。秦王乃除逐客之令，復李斯官。

坤書

横幅联屏《谏逐客书》

许道坤 1990年生于山东聊城，湖北美术学院书法专业本科，聊城大学美术学（书法）专业研究生。现为聊城大学书法专业特聘讲师、山东省书法家协会篆书委员会委员、山东省青年书法家协会理事。

邢冬妮 1992年生，山西忻州人。2019年中南大学硕士毕业。作品入展全国第六届妇女书法篆刻展等。有关简帛书法的学术论文入选第二届中国南京国际书法研究生教育论坛、中国文字·书法论坛。

条幅《〈老子〉节录》

根·魂
中华文明物语
05/18
07/18

問道學藝

汉风起兮·汉简研创

汉风起兮

——汉代简帛书风概述

陈 杰

汉代简帛是中华民族文化传统的宝贵财富，它既是历史的见证，又是文字（书法）变革时期的墨迹实录。它的出现，让历史学家为之振奋，更让书家见到了前人的真迹，有了直接与古人“对话”的信息，让我们仿佛看到他们手书的状态，也更欣赏到了书体演变的进程。简牍的面世，被誉为“书法之秘尽泄，草隶法尽现古人用笔奥秘”。

自1906年英籍匈牙利人斯坦因在新疆丰县北部尼雅遗址发现少量汉简开始，就揭开了简牍发现的历史。次年，他又在河西地区敦煌、酒泉进行边塞考察，又发现了170枚汉简。西方探险家捷足先登，接着有斯文赫定、贝尔曼、桔吉瑞等陆续在这一地区进行发掘和整理。稍后以中国学者黄文弼、向达、夏鼐、阎文儒等为代表的一批学者在发掘方面也做了大量的工作，特别是罗振玉、王国维在1914年合著的《流沙坠简》以及王国维研究敦煌汉简的系列论文的发表，构成了近代简帛学的奠基之作。从20世纪40年代至今，已发现汉简十一万余枚，给后人留下了宝贵的文化财富，更成为书法学习取之不尽的宝库。

西汉简牍隶书发展可分为三个阶段：

1. 西汉早期，即为汉初至汉武帝。此阶段的简牍书迹主要有银雀山汉简、长沙马王堆汉简、阜阳双古堆汉简、江陵凤凰山汉简和河西疏勒河流域汉塞烽隧遗址出土的敦煌汉简。

2. 西汉中期，为汉昭帝至汉宣帝时期。出土简牍以敦煌汉简和居延汉简为代表。

3. 西汉晚期，汉元帝至西汉末。出土简牍以敦煌、居延、武威汉简中写于汉元帝时期以后的简牍为代表。

西汉简牍的出土不仅改变了“西汉无碑”情况下西汉书法资料研究匮乏的现状，而且这些存留的墨迹实物，对于书法研究领域具有重大的意义。它将八分演变的成熟期向前推进了约二百年，清晰地向人们展示了古文字向今文字演变的脉络。

东汉时期，桓、灵时代汉碑臻于极盛，官方刻石制度开始仪式化，书碑字体八分隶书被官方认可为典型的庙堂正体文字。汉代隶书的风格体貌给后世留下了大量精美、厚重的经典碑刻，被后世称为“汉碑”。它们宽博苍浑、方拙朴茂、清秀刚健、规整端庄的书风，成为历代书法之典范。从简牍上看，八分的形态和笔法比较成熟，那种明显的蚕头雁尾，逆入平出，已非常明显；同时，《熹平石经》的竖立，标志着八分隶书的成熟。

二、汉代主要简牍、帛书的书体特征

（一）银雀山汉简，从文字上看，竹书《孙子兵法》一类属早期隶书。结构与湖北云梦睡虎地秦简接近；笔法体势却介于马王堆帛书《老子》甲、乙本之间，即篆书气味不及甲本浓，用笔体势也不及乙本平直方正。《孙子兵法》一类早期隶书可能比《老子》

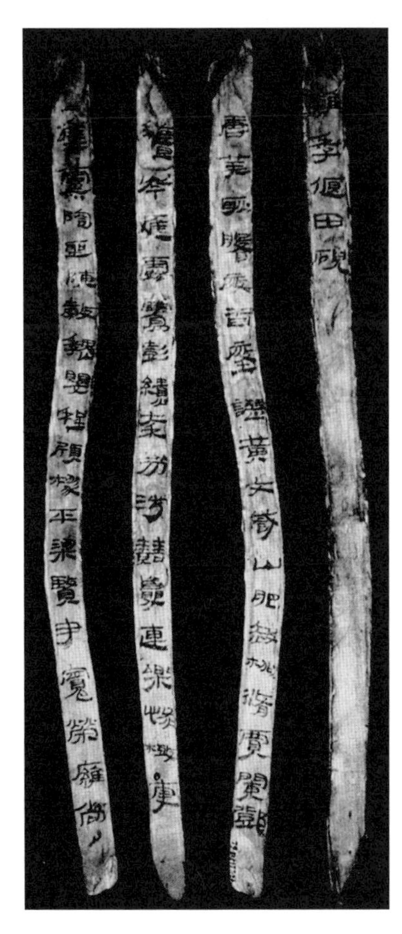

东汉《马圈湾习字觚》

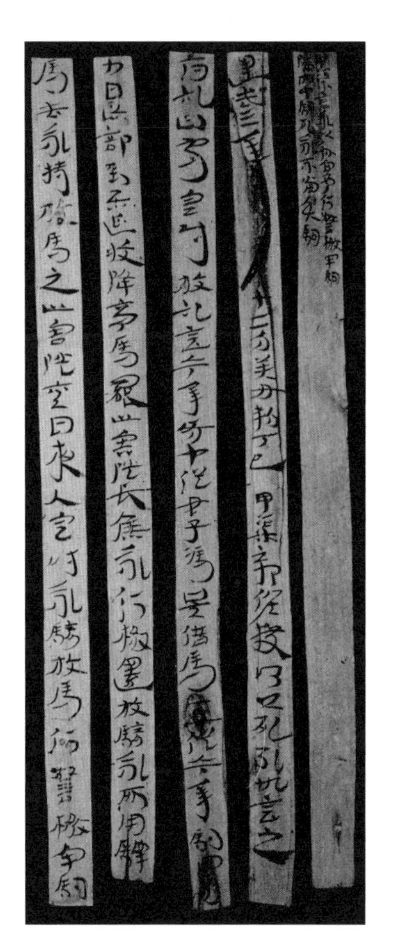

东汉《死驹劾状》

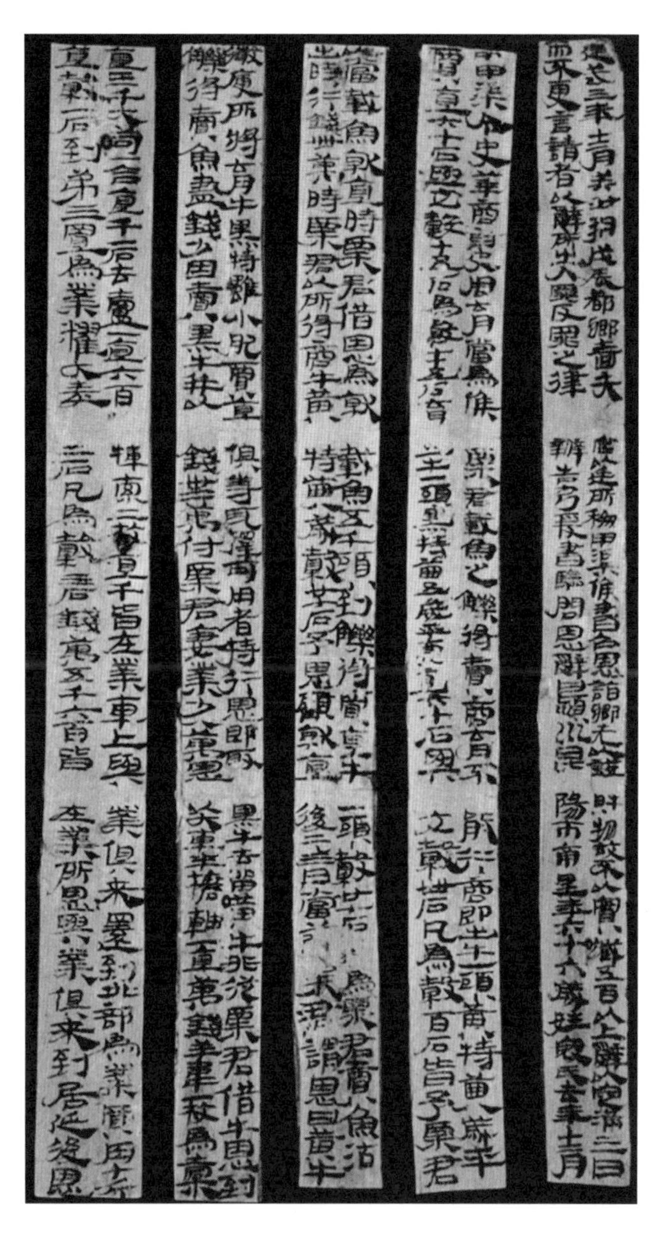

东汉《候粟君所责寇恩事》

乙本还要早，可能是刘邦称帝前抄写的。另外，出土竹简中还有一种风格特殊的斜体字。相对于成熟的隶书，古隶中篆书的遗迹还比较多，字形也没有全部变得扁方，而多随字形不同，书写得更为自由。从用笔来看，虽然已经有“波磔”，但“蚕头雁尾”的笔法也没有那么固定。草率一路，也就是曾宪通先生所说的“斜体字”，在银雀山汉简中有《六韬》《守法守令等十三篇》两种。曾先生认为“它比《孙子兵法》一类的书体，更带浓厚的篆书意味，其抄写年代或许还要早些。对于这种‘斜体’的草率一路书体，有人认为属于草率隶书，有人认为就是‘汉兴有草书’的草书，我赞同前一种说法”。而银雀山汉简中无论是规整还是草率一路，

西汉帛书《战国纵横家书》

其用笔都比较一致，没有强烈的粗细变化。

其规整一路的书法比起楚国故地刚劲雄强风格来，用笔圆润，“蚕头雁尾”起笔没有重按那么强烈，用笔稳健，粗细变化比较细腻，没有过于强烈的对比，因而显得含蓄温润。比起散逸风格的竹简，又笔笔到位，结体严整，显得工稳秀雅又大方自然，这是西汉古隶中儒雅风格的代表。其使用的毛笔，也与楚地有所不同，应当是兼毫一类较软的笔书写的。在西汉早期的古隶中，马王堆汉简《十问》的书法与之最为相近。陈松长先生在论述《十问》的书法时这样说道：“都以浑圆的笔道为主，极少刻意顿挫用力之处，完全一派浑厚气象。”这一段话用在银雀山汉简中规整一

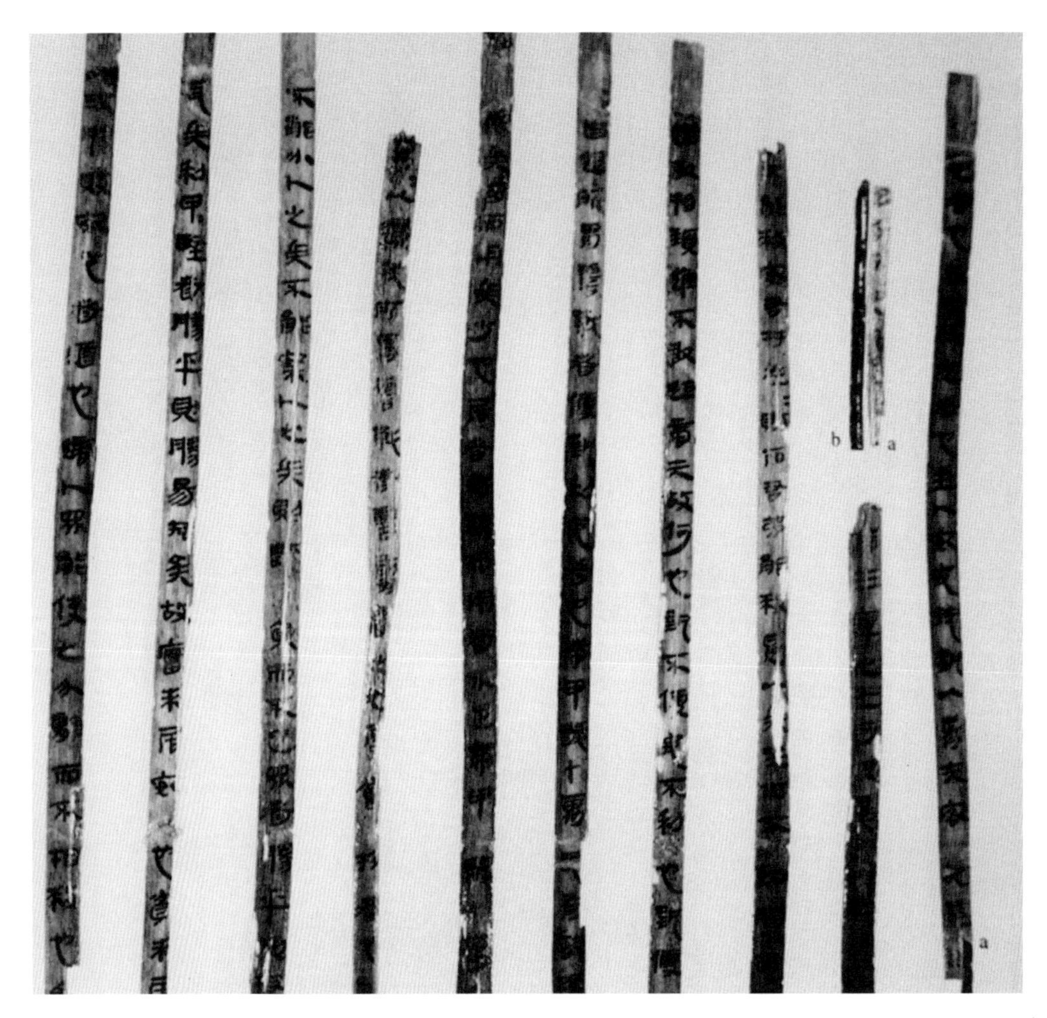

西汉《银雀山简》

路竹简的书法上也非常恰当。

（二）虎溪山汉简是 1999 年 6 月 8 日在湖南沅陵县城关镇西虎溪山发现的一座公元前 162 年夫妇异穴合葬墓出土的，主要是《黄籍》《日书》《美食方》等。其中《日书 • 阎氏五胜》与湖北随州出土的西汉早期孔家坡汉简的《日书》风格似有异曲同工之妙，二简都体态方正，厚重宽博，略带篆意。虎溪山简更显得庄重雄强，用笔重按，气势开张，而张家山简感觉体态飘逸，宽绰疏朗，横画也是笔锋重起上提轻出。

（三）比较晚出的，如湖北荆州谢家桥出土的两汉早期（公元前 183 年）竹简，其《遣册》风格与马王堆《遣册》的风格非常相近。马王堆《遣册》用方笔较多，笔力遒劲，落落大方。谢家桥《遣册》则用圆笔较多，略带篆草之意。《告地书》字形更加开朗饱满，自由轻松。

（四）1993年2月出土的尹湾汉简（公元前10年），特别是出土的《神乌傅（赋）》在21枚竹简上，正文写在18枚简上，其中一枚是隶书标题“神乌傅”，一枚是字迹不清，“疑为此赋作者或抄写者的官职（少吏）和姓名”，另一枚是无字素面。此赋既是一篇四言以拟人法创作的文学作品，更是以右回旋为主的飘逸的草书佳作。虽然是字字独立，但草意绵绵，不激不厉，使人有感到“今草”的萌动。

（五）长沙马王堆西汉简帛被誉为21世纪中国乃至世界重大的考古发现。其简帛书或篆或隶，也有介于篆隶之间的草隶。其中的经典著作有《周易经传》《春秋事语》等，字迹在朱丝栏内，每个字文雅精美，一丝不苟。有时重重的“捺”笔，既夸张又装饰性强，而且字体结构谨密，字距空间拉大，整个章法疏朗气爽，境界高远，也看出了书写者对经典著作的敬仰之情。帛书《阴阳五行》甲本字体宽博，体态端庄，中锋篆态，沉着安详；乙本则书迹秀润，字距疏朗，行距则有朱丝栏之隔，别有一番景象。

帛书《战国纵横家书》有一种力的“纠结”，字形明显篆意，隶书的用笔凸现，笔法开始多变，用笔方圆结合，波磔用力特征突出，有一种势来不可遏之精神，也有一种欲走还留之涌动。字势明显“摆动”，又互相吸引，字虽小，但力挺拔豪迈。运笔节奏也明显，如太极“云手”，气贯神游，有以柔克刚之气，不衫不履之神情，力存势内，气不外泄之态。

《遣册》是马王堆出土的主要竹简，从字形和笔锋看来，并非出自一人之手，但书法风格基本一致。

竹简《合阴阳》整篇愉悦神态，写的轻松率意，横画重起轻收，捺画虽长而无重笔，看整个字形虽然轻佻，但笔画灵动，书法有篆隶之形，而草意跃然简上，别开生面。

（六）汉简重镇——河西简牍

西汉武帝时期为解除匈奴在西北的长期威胁，出兵河西屯边、屯田。随着汉代对这些地区的经营，出现了大量的简牍文书，这些文书在河西这种特殊的自然条件下得到了良好的保存，今天河西地区成了中国古代简牍最丰富的蕴藏地之一。主要是在西汉“四郡”敦煌（悬泉简、放马滩简）、张掖（地湾简、简水金关简）、武威、酒泉地区以及内蒙古额济纳旗（居延简）。全国80%的汉简在这片大地出土，从天水放马滩战国秦简到西晋简有着六百年的历史，包含了书法五体的逐渐演变过程，是书法艺术丰富资料。西北简牍由于书写方便，就地取材，出土的汉简多是木制的。这些简牍虽然是当时的日常记录、文书以及书信往来等，但它不是一般人主观臆断的是下层次刀笔吏的随意书写，其书法水平不高，粗俗低下等。而恰恰是西北简牍风格多样，精彩纷呈的体现，才具备了很高书法艺术的法则和书法“语言”，他们率意自然，以拙生巧的情趣，留下了精彩纷呈的墨宝。其中武威出土的《诏书令简》和《王杖十简》，风格相同，如楷书字，雄强豪迈，气宇轩昂，正大厚重；典籍《医药简》风格多样，虽是“随意”草草，但不失法则；经书的样本《仪礼简》，字迹虽小，但气格不凡；其中《士相见》隶书字更是典雅，庄重之下，字大小有变化，线条粗细对比有时强烈，字距夸张，字势动感，这些汉简可为书法之典范。

《战国纵横家书》

再如，东汉建武时期，以《死驹劾状》为代表的简牍草隶册书，运笔流畅洒脱，恣肆放纵，跌宕起伏，气韵天成，特别是用笔的丰富，字形的变化，无不成竹在胸，从容不迫，其16枚简，行云流水，虽字字独立，但气韵天成，绝对没有信手而聚墨成形的习气。其书法神采飞扬，空间的爽朗，点线的浪漫，在狭窄的书写空间里节奏自如，收放有度，古意中透出现代神韵。与之相反的西汉的《马圈湾四面习字觚》线条凝重，拙趣相生，用笔方圆结合，有着心方意圆的神态。倘若需认识汉碑点画，不妨窥探此“觚”字，必有收获。西汉木牍《丞相御史律令》册，第一行“甘露二年五月……”到第三行“字子文”，字势都是右肩下倾之风格，字势从第三行“私男弟”开始右肩上仰，统篇变化之中尽显意趣，而且轻松自如，无做作之嫌。西汉《相利善剑》看上去直来平去，是西汉比较“格式化”的墨迹隶书，感觉比较统一，但是每个字在点画平正中求变化，有“和而不同，求同存异”之感，但是字的空间弱了些，也可作为隶书入门之径。

汉甲本《士相见之礼》16枚简，虽字体工稳，比《相利善剑》线条润色，其字形开合有度，文字虽小，但气度不凡，而且笔笔老道，字势、点画变化多端，表现出了书者有着深厚的书法功底和艺术魅力。还有介乎于隶草之间的东汉《候粟君所责寇恩事》1、2简册，看上去随意抄写，其墨色也多有变化，虽然有潦草之嫌，但有现代创作之美。册一有平和爽朗之态，册二越到最后越有刀砍斧剁的强烈之感，非空中落笔不能写之。其3、4简册，书风大变，点画圆劲，虽然在木简狭窄之中，两行看上去拥挤，但字空间非常宽博，且从容不迫，横折竖笔侧锋方笔有老迈横秋，有时竖撇老辣、强劲，有摩崖榜书之气魄，感叹古人之气度，手头之笔力矣！还有敦煌马圈湾木简书体多样，其中草书特别突出，厚重而洒脱，风格多样，有横向开张的章草，多有侧锋取势或纵向发展的草体，势如高山滚石，多有中锋之痕，动人心魄！

简韵流芳

——武威汉简临创之浅见

孙莉姮

“汉简”是我国古代书法遗产中的一朵瑰丽的奇葩，而近现代大量战国、秦汉和魏晋竹木简牍的出土，填补了这一重要历史时期书法艺术真迹的空白，使战国和两汉书法有了完整的形貌。其中两汉时代遗留下来的居延汉简、敦煌汉简、武威汉简、甘谷汉简都出土于甘肃这块美丽的土地。早在北周时期，就在甘肃居延地区发现汉代简书，北宋曾在甘肃等地获得过东汉简。武威汉简又因其出土数量多（共计 469 枚，27332 字，共九篇）、保存内容完整丰富、史料可贵，而被称为天下“第一汉简”。汉简，妙在用笔，笔笔有变化，字字不平直，中锋、侧锋兼施。汉简不简单，我们学书法，以汉简出发，感受、学到的，远不是隶书所能表达丰富的。宋米芾学晋人得几分，后困惑，大骂“二王”，追古，从学汉简，再服“二王”。可见汉简，虽然其对后世书风影响很大，但并不被当代书坛所重。笔者通过近几年的临习汉简，寻味高古，汉简不能回避。下面谈谈笔者学习汉简的体会。

一、欲学汉简，要先从规矩入手

下面笔者结合一些字例说明汉简的结字笔法。初临武威汉简，我首选出土存量大、字数多的《仪礼简》。纵观全简，其字体风格属于工整一路，其用笔横画起笔藏锋入露锋收，呈左粗右细状，如等字的起笔；或露锋入燕尾收笔，如等字；呈右细左粗状或藏锋入燕尾收，如等字；最后收笔如果横画为多条时，每一笔写法不尽相同，皆以上三种用笔各一用之。折笔多为方形转折与方折圆行两种。方形转折为两笔完成，横细竖粗，连接点有加重感，楷书用笔之状凸现，古朴而不乏力量感；方折圆行转折后，笔画形成左弧度，如等，随意而不乏流利之美。波磔多为行笔、顿

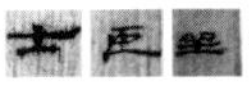

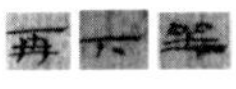

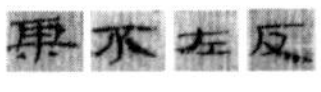

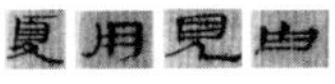

笔、挑笔，初笔撇多为藏入露收如；捺画之特征鲜明夸张，乃汉简的主要特征之一也，如等，从诸字体可看到《礼器碑》的“直刀捺”，又捺画如舞女甩袖之舒展修长，如“合”等，从诸字可看到《曹全碑》的舒展捺的出处。点画最具特点，先顿再提，与下一笔形成连带，与横画形成空白，如等，笔者最爱次点；其次是以横代点，如等。竖画多为向左偏，形成撇势，如等；两竖同时一竖为撇，一竖为竖钩的态势，如等；此简书写规整，书写间距均匀，字体呈扁势，中宫收紧，向外延伸。轻重粗细比例悬殊，三四倍，甚至七八倍，在0.8厘米的木条上，细笔如发丝，粗笔也有木条的一半宽度，如此夸张的书写比例，使汉简显得更加意趣横生，生动灵活。早期隶书的“书丹”之状呈现，是研究隶书用笔必不能跨越的。汉简中，笔画粗细、轻重相间的变化大，关键在于对笔锋的熟练运用。

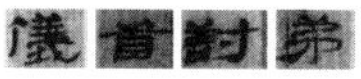

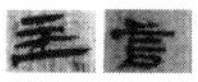

二、欲学汉简，要多对比，抓特征

笔者深入武威汉简一段时间，掌握规律后又临写了《王杖十简》《王杖诏书令》，细读了《死驹劾状》以打破《仪礼简》的陈式化，其中《王杖十简》书写轻松，随意性强，大小错落，长扁不一，如从整体来看，捺笔用笔加重加粗，尤其最后一个字，竖画呈垂露之状，占满了整个简面，如雨滴下，大美！《王杖诏书令》结字亦是长扁不一，大小不等，如第一二枚紧密排列，字体扁势居多，第三枚连续六个字呈长字，占据了第二枚十五字的位置，在窄窄的简面亦有留白，行气也极讲究，用笔也不守故常，其中26枚简就有长笔画8个字，4个令，3个下，1个闻，这些笔画形成醒目的点缀，更是汉简书写的特征标志。

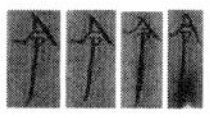

三、欲学汉简，要灵活变通，整体协调

通过以上对汉简用笔以及结体的分析，我们大致了解了汉简的技法规律。但是由于古今书体的变化、风俗习惯的差异以及资

料流散遗失等多种原因，我们现今创作中所需要的字在汉简中能不能找到是一个很关键的问题。临摹、分析、读帖最终的目的是创作一幅具有出处的书法作品，笔者以《仪礼简》为主体，《王杖十简》《王杖诏书令》为副，兼用一些《死驹劾状》章法，遇到帖中没有的字或查工具书，或用其他字代替，但转换成风格一致的字体，书写遇到如“令”“命”“行”“年”也随意一长笔，意趣盎然，打破了《仪礼简》书写的规整的布局。就创作来说，如果在原帖中存在该字，则容易得心应手；如果某一字恰好在所临帖本中不存在，此时就要按照自己所掌握的技法规律进行灵活变通，但要注意把握整体上的协调。

目前就笔者创作的简书作品，用笔丰富性掌握还不够，原样截取其他简的几个字用来补充，结体不够自然天成，有牵强之感，以后必须深入汲取楚简、秦简之庙堂气、正大气，融入粗犷的西北汉简里，形成了一种独特的艺术风格，突出展现了不拘一格的形式美，使自己的简书之路越走越远。

马王堆帛书《老子》书法的用笔比较

高永康

1973年11月至1974年初，湖南省博物馆与中国科学院考古研究所对长沙马王堆二、三号汉墓进行了发掘，在三号墓中出土了一批具有重要历史价值的古代帛书。帛书出土于三号墓东边箱的一个漆盒内，经整理共十二万多字，大部分是已经失传了一两千年的古佚书。按照《汉书·艺文志》的分类法，这些书籍大致可分为六大类四十余种。帛书抄写的年代，根据帛书避讳情况和帛书中既有的明确纪年推断，马王堆帛书的抄写年代大致为秦始皇统一六国（公元前221年左右）至汉文帝十二年（公元前168年）之间。[1] 这批帛书的出土，对研究战国至秦汉的思想演变，探讨西汉初期统治阶级崇尚“黄老之学”的实质等问题，具有重要的意义。在文字学、训诂学、音韵学、书法艺术等方面，帛书也提供了丰富的研究资料。帛书的发现尤其为研究西汉早期文字提供了极其丰富而又可贵的资料。有了这批资料，我们对于秦始皇统一文字之后不久的汉字（即所谓古隶）的知识大大地增加了，而且这个时期的文字与战国文字的关系相当密切，所以这批资料对于研究战国文字也具有相当大的价值。[2]

马王堆帛书《老子》出土于三号墓东边箱的一个漆盒中，书体较早的命名为《老子》甲本，稍后的命名为《老子》乙本（下文简称甲本、乙本）。甲本出土时与其卷后的佚书合抄成一卷，卷在一长条形的木片上。《老子》是用墨抄写在生丝织成的黄褐色细绢上，绢幅分整幅和半幅两种，整幅的幅宽约48厘米，半幅的幅宽约24厘米。帛书出土时，由于受到棺液的长期浸泡，整幅的帛书都因折叠而断裂成了一块块高约24厘米、宽约10厘米的长方形帛片；半幅的则因用木片裹卷而裂成了一条条不规范的帛片。

对于甲本的书法特征，前人做过一些研究。陈松长先生认为，甲本取势方正，用笔粗细适意，布字大小合宜，具有一种自然

1 陈松长：《马王堆帛书艺术》，上海书店出版社，1996年版，第1页。

2 《座谈长沙马王堆汉墓帛书》，载《文物》，1974年第9期，第52页。

雅稚的墨韵。[3]黄惇先生认为甲本用笔近篆，形构亦大量保留篆书的痕迹，但波挑和掠笔已很鲜明，其中还有很多草意的连笔，已可窥章草的端倪。[4]华人德先生认为甲本字体为古隶，接近篆书，用朱丝栏墨书，字形较长，与马王堆一号墓出土的竹简遣策书体较接近，起笔逆锋，笔画中段饱满，收笔较尖，这是保存了六国古文的笔法。[5]喻燕姣认为甲本字形微椭，笔道圆劲，有仰有倾，波磔较为短促、重拙，捺画一般拉长，撇画基本也无篆书的工整，更有隶书的意思。伸张较为克制，章法上字的大小随意，参差错落，是一种隶变进程中较典型的古隶字体。[6]笔者认为，甲本应该是隶变早期，处于篆隶之间的一种古隶。这种古隶还残存着篆书的弧线用笔和篆书的结构，同时有的字中还保留着战国楚文的书写特征。有学者提到，江淮汉简的书写者依然保留着固有的传统书写方法，所以许多字的结构与楚国古文字一脉相承，可窥其受楚文化影响之一斑。并指出帛书中有的字，与长沙子弹库帛书的写法一样，可证楚文字的影响至汉代仍然存在。[7]所以同出土于楚地的西汉帛书《老子》甲本也不例外，试列举几例，如表格：

字例	其	也	天	乃	於	谓	孤
战国楚文	包山楚简	郭·尊3	郭·唐24	郭·老乙16	郭·老丙8	郭·忠4	上博七吴命4
战国秦/秦	日乙·217壹	日甲·110背/57反	日甲·7背壹/160反壹	法·30	语·3	日甲·132背/35反	为·2叁
西汉初《老子甲》							

通过以上表格所列文字之比较中可窥探，战国楚、秦到秦朝及西汉初文字的传承与发展关系，这大概反映了在秦始皇书同文之后，楚

3 陈松长：《马王堆帛书艺术简论》，艺海，2005年02期，第21页。

4 黄惇：《秦汉魏晋南北朝书法史》，江苏美术出版社，2009年，第61页。

5 华人德：《中国书法史·两汉卷》，江苏教育出版社，2009年，第66页。

6 喻燕姣：《浅谈马王堆帛书书法特征》，东方艺术，2010年08期，第18页。

7 黄惇：《秦汉魏晋南北朝书法史》，江苏美术出版社，2009年，第59页。

地移民书写古隶的面貌。甲本很有可能是秦统一下的楚国移民所写，或多或少会保留战国楚文字的书写习惯。秦始皇书同文字，能够统一的只是用字、用词，在很短的时间内很难改变人们固有的书写习惯。秦国在统一六国的过程中，战国文字虽然异形，但秦文字难免会与六国文字接触并互相影响。秦末汉初的文字自然也会带有战国古文的一些痕迹，甲本就这样更多地保留了楚国古文书写的用笔习惯，有楚国古文的写法和痕迹。有学者认为，这种习惯性正说明楚文化虽然经过秦文化的渗透，但到了汉初依然保留着强烈的地方色彩，并使它构成了与原秦地书法有异的地域书风。[8]

8 黄惇：《秦汉魏晋南北朝书法史》，江苏美术出版社，2009年，第63页。

对于乙本的书法特征，陈松长先生认为，乙本在字体构形上已比较规范，用笔已比较有规律，线条已完全失去了篆书圆转的态势，呈现在世人面前的是：其字形呈正方或扁方形，笔画以方折为主，横画方入尖收或蚕头雁尾并用，左波右磔对比强烈，字距行间规整有序，俨然一种谨严、成熟而定型的汉隶字体。黄惇先生认为，乙本的风格与甲本迥异，字形扁方，横势强烈，横竖结构规整，波挑和掠笔已具明显的装饰趣味，更近于成熟的汉隶——分书。如果排除其还保留着的部分分书形构外，仅从用笔角度分析，已具十分典型的分书特征了。华人德先生认为，乙本抄写者有很高的书法修养，抄写得工整而有变化，端庄而又清峻；章法上字距空间较大，更衬托出简洁典丽的气息。

为什么要对甲本、乙本进行书法比较？一是因为两者同为《老子》，两者在文字内容上基本一致，所以相同的字相较起来比较直观；二是因为两者都是西汉早期的隶书，对比两者之间的差异，能够体会到西汉初日常手写体中隶变的一些痕迹，以及对帛书《老子》在隶变中所处的位置有清楚的认识，从而对西汉初期隶书形成一定的审美判断。

一、《老子》甲本、乙本中横画用笔差异

华人德先生认为，甲本与马王堆一号墓出土的竹简遣策书体较接近，起笔逆锋，笔画中段饱满。陈松长先生认为，甲本取势方正，用笔粗细适意，布字大小合宜，具有一种自然雅稚的墨韵。[9]隶变在笔画上表现为线条逐渐摆脱仿形性，其象形性逐渐降低，逐渐形成带有波磔的具体笔画。《老子》甲本已经有了点、

9 陈松长：《马王堆帛书艺术简论》，艺海，2005年02期，第21页。

挑、波、磔笔画的出现，但波磔表现得不明显，还残存着篆书的遗意。就甲、乙本的横画来看，其起笔大多为逆锋起笔，这是相同之处。而两者的差异或许可以从行笔方向、横画呈现的形态上进行考察。就横画的行笔方向而言，甲本大致可分三种：一是逆锋起笔后向右上行进，收笔时往右下收笔，多表现为尖收笔，横画多呈现向上弧状，偶尔出现向下呈弧形的笔画。收笔较尖则是更多地保存楚国古文的笔法。[10] 二是逆锋起笔后平出，收笔时曳止或尖出，横画多呈现平整的状态。三是逆锋起笔后，行笔向右上或右下，横画往往形成向右上或右下倾斜的横画。乙本横画则以逆入平出为主，如表格：

10 华人德：《中国书法史·两汉卷》，江苏教育出版社，2009 年，第 66 页。

	不	而	夫	下	天
《老子》甲本	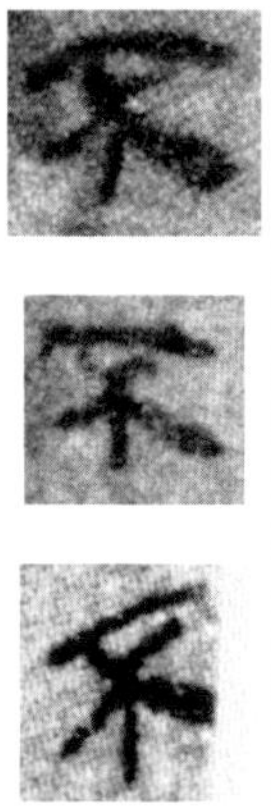		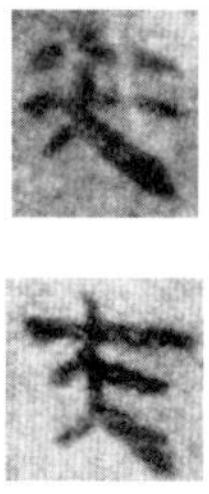		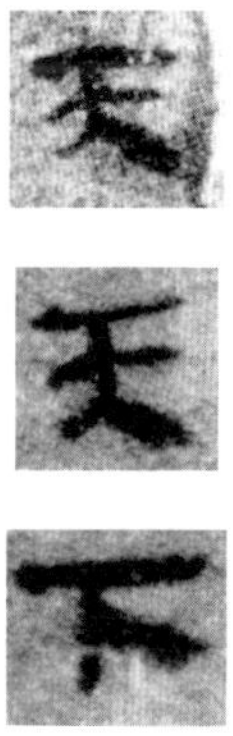
《老子》乙本	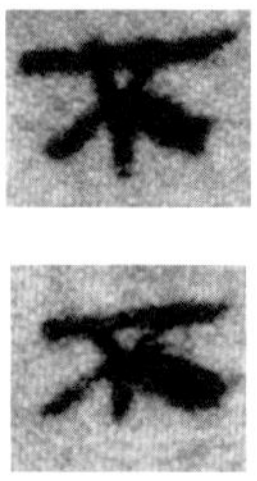	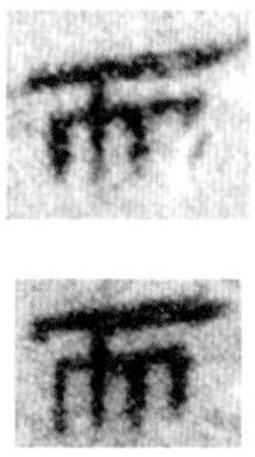	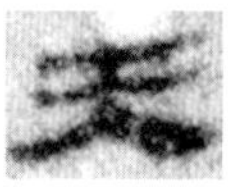	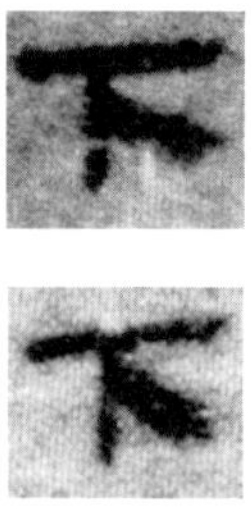	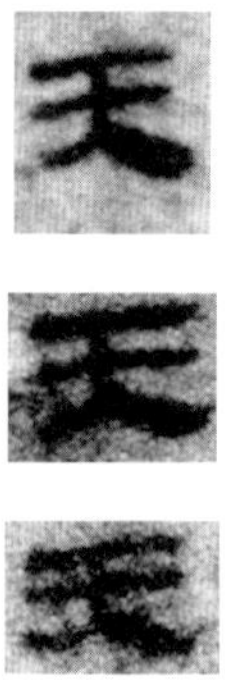

所以两者横画所表现出来的差异是相当明显的，甲本在行笔方向上比较多样，具有不稳定性；乙本则比较单一、程式。两者横画呈现的笔画形态亦不同，甲本横画变化较多，多呈弧形、斜上、斜下；乙本横画多平正，少欹侧，变化不多。

二、《老子》甲本、乙本中轻重提按用笔差异

《老子》甲本笔画在逆锋起笔后，行笔是多产生方向上的变化，弧形笔画较多。从书法欣赏的角度来看，老子甲本与乙本在自身笔画轻重的对比上确实存在较大差异。甲本提按较多，笔画产生的粗细对比较为明显，而乙本则线条变化不多，粗细比较统一。如表格：

	而	弗	和	皆	心
《老子》甲本	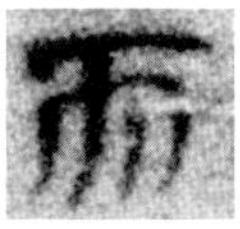 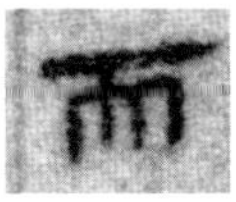	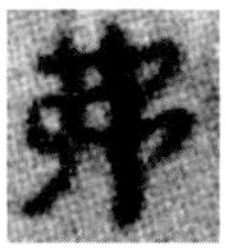	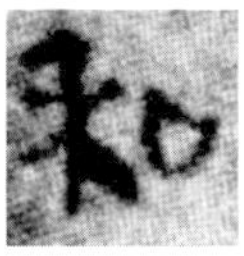		
《老子》乙本					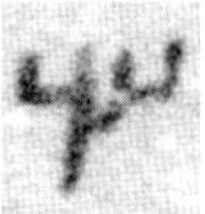

总之，《老子》甲本在书写方式上较乙本丰富，变化多。横画行笔方向的多变对字形结构亦会产生影响，甲本字形多欹侧变化，乙本则端正统一，变化极少。

三、《老子》甲本、乙本中波挑用笔差异

用笔的差异亦导致了两者形成隶书所具有的特征上的差异。两者都是处于隶变中的书写，都已经出现了具有隶书特征的波挑笔画。黄惇先生认为甲本用笔近篆，形构亦大量保留篆书的痕迹，但波挑和掠笔已很鲜明，其中还有很多草意的连笔，已可窥章草的端倪。[11] 从甲、乙两本字的波挑用笔来看，两者亦存在明显差异，甲本波挑时出时不出，存在明显的不稳定；而乙本的波挑多出现在长横、捺画及作为主笔的笔画当中，已比较明显且稳定。如表格：

11　黄惇：《秦汉魏晋南北朝书法史》，江苏美术出版社，2009年，第61页。

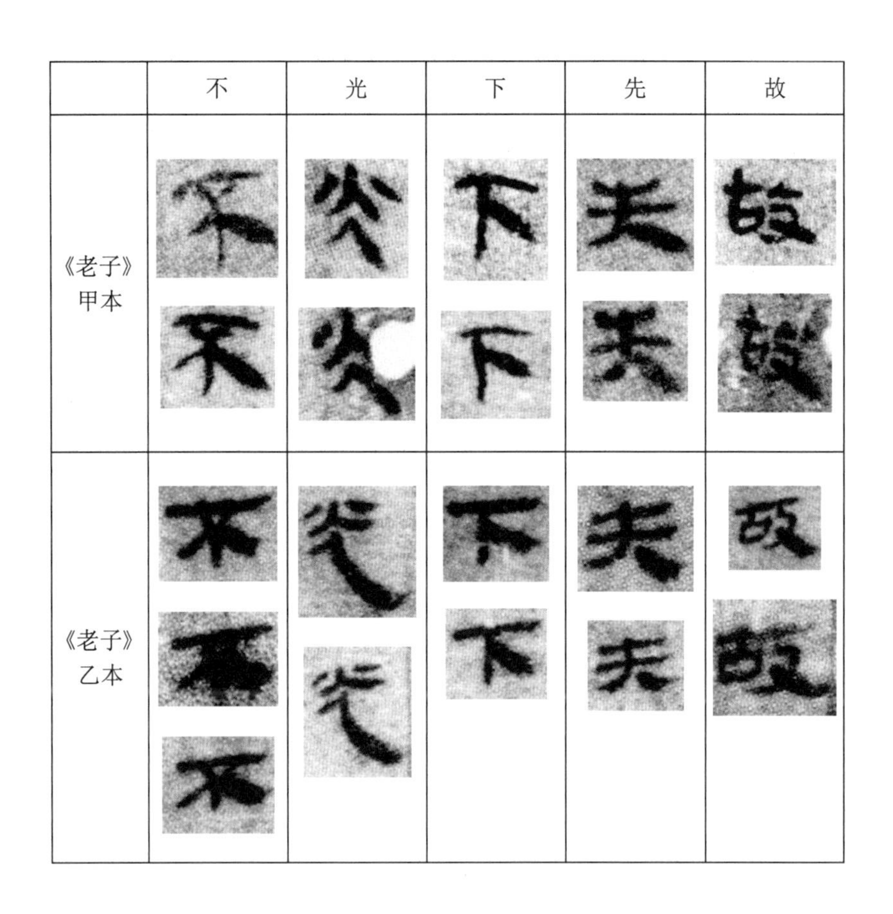

	不	光	下	先	故
《老子》甲本					
《老子》乙本					

四、《老子》甲本、乙本中转折用笔差异

由于《老子》甲本用笔多为篆书的弧形笔画为主，转折处则多圆转；而《老子》乙本则在用笔上，改圆转为直折，变圆为方。如表格：

	常	而	弗	为	谓
《老子》甲本					

（续表）

	常	而	弗	为	谓
《老子》乙本		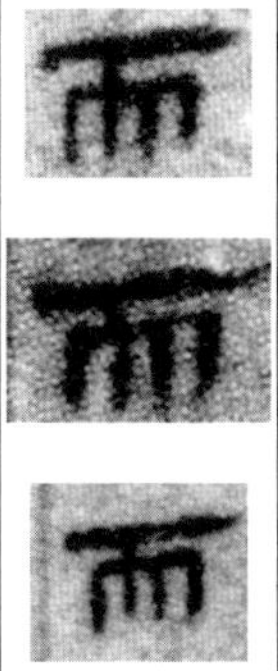	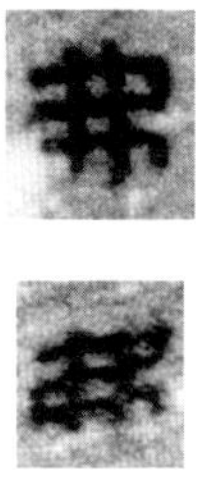	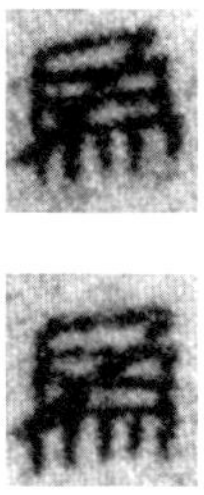	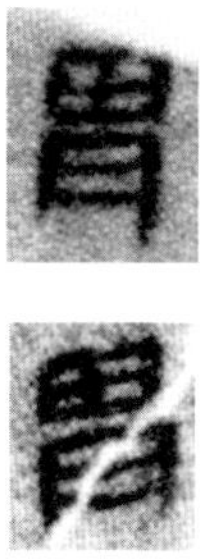

转折笔画多为横折、竖折，从这些字的对比当中或许可以清楚地看出甲乙在笔画连接处的不同处理方式，甲多为圆转，而乙多为直折。

通过对甲、乙两本用笔特征的比较，可以看出甲本更多接近篆书的用笔特征，而乙本则在横画、波挑、转折等用笔及笔画形态上明显地不同于甲本，形成更接近后期分书的用笔特征。用笔的不同导致两者在结构、章法等书法风格上面的差异，这也是笔者后期将要解决的问题。

帛书《战国纵横家书》朴拙率真之美

许道坤

《战国纵横家书》与同时出土的《周易》、《老子》甲乙本、《春秋事语》相比，同为西汉初期“隶变”过程中的古隶体，却更为古朴率真，可谓独树一帜。

《战国纵横家书》前后书写风格明显不统一。前篇章法紧凑，字法奔放，笔法丰富；后篇章法空灵，字法秀逸，笔法柔和。使用频率最高的“之”字，最能看出前后差异。前篇书手（我们将其称为第一书手）多使用、，而后篇书手（我们将其称为第二书手）多使用，类似于成熟隶书的，前后均有出现，后篇尤多。在当时的生产能力下，绢帛昂贵，书写时自然心存崇敬，如《老子》甲乙本等简帛，均有朱丝栏、乌丝栏，用笔精到，毫无怠慢。陈松长先生认为，书手的更换与频繁涂改有一定关系，第一书手涂改达十余处之多，临近更换书手处最为密集。涂抹严重本为劣迹，但是，最为后人称道的行书《兰亭序》《祭侄稿》也有涂抹现象。辩证来看，第一书手对自己的抄写水平颇为自信，不拘于小节，在轻松的状态下书写笔迹更为天真烂漫。本

图 1

图 2

图 3

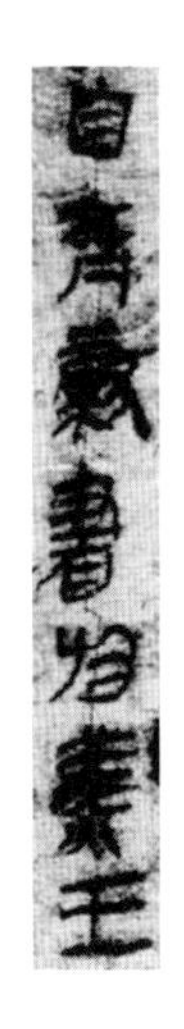

图 4

图 5

文主要是以第一书手的笔迹作为讨论对象。

与其他同时出土的帛书比较，没有了朱丝栏、乌丝栏的约束，上下左右的字距时近时疏，线条纵横间浑然一体，与《礼器碑》《乙瑛碑》等庙堂气象的成熟隶书迥然不同，“乱石铺街”式的章法布局，行气左右摇摆，时而左齐右放，时而右齐左放，成为《战国纵横家书》气息朴拙率真的形式基础。如局部“自齐献书于燕王”（图 4）重心倚侧跌宕，“自”“献”“于”重心向右倾斜，“齐”“书”“燕王”重心向左倾斜；字形忽扁忽长，“书”字瘦长，左侧基本与其他字齐平，右侧与“献”“于”等字形成巨大空间差距，造成行气的左右摆动，气氛生动活泼。《战国纵横家书》局部线条有抖动过猛的现象，仔细琢磨绢帛丝线，应为托裱失误造成的遗憾，应辩证对待。

与金石碑板上的铭文有所不同，简帛书作为日常书写，具有方便、快捷的特点，因而书写多省简与连带。如常省简书写“口”形结构，“国”外框两笔完成书写，底部线条有向右上倾斜的笔势。“辶”作草化省简，如“定”。《战国纵横家书》的笔法姿态丰富，起笔方圆兼施，尤其是普遍的切笔、露锋与今天“篆隶藏锋逆入”的观念出入甚大，如“天”的露锋处理，气息与章草颇为相似；再如“叫”（图 5）字处处牵连，并施放笔，正是兴致酣畅时的笔尖流露。

整篇文字中，“辵”的纠缠现象最为普遍，如“通”、“远”、“送”，将“辵”处理为数个折笔，纠缠程度能反映出当时的书写心态，而“边”中“辵”，则是第一书手较为规矩的书写方式。《战国纵横家书》多放纵拖笔，处理方式多种多样，向下、左下、右下、“S”线，并有多种姿态的出锋，朴拙率真，大开大合，不顾及趋同。

《战国纵横家书》朴拙率真的气息，具有松弛、畅快、古拙、怪诞的特点，自然流露出轻重、疏密的节奏变化，乍看不修边幅，细致临习却会发现众多惊喜。

学员作品

孙玉才 又名孙玉财，1956年生，山东省济宁市《济宁日报》原副总编辑，教授、高级编审。现为中国书法家协会会员、中国诗赋学会会员、中国楹联协会会员、中国记者协会会员、济宁市书法家协会顾问等。

壬戌之秋七月既望蘇子與客泛舟游於赤壁之下清風徐來水波不興舉酒屬客誦明月之詩歌窈窕之章少焉月出於
東山之上徘徊於斗牛之間白露橫江水光接天縱一葦之所如凌萬頃之茫然浩浩乎如馮虛御風而不知其所止飄飄乎如遺
世獨立羽化而登仙於是飲酒樂甚扣舷而歌之歌曰桂棹兮蘭槳擊空明兮泝流光渺渺兮予懷望美人兮天一方客有吹
洞簫者倚歌而和之其聲嗚嗚然如怨如慕如泣如訴餘音嫋嫋不絕如縷舞幽壑之潛蛟泣孤舟之嫠婦蘇子愀然正
襟危坐而問客曰何為其然也客曰月明星稀烏鵲南飛此非曹孟德之詩乎西望夏口東望武昌山川相繆鬱乎蒼蒼此非
孟德之困於周郎者乎方其破荊州下江陵順流而東也舳艫千里旌旗蔽空釃酒臨江橫槊賦詩固一世之雄也而
今安在哉況吾與子漁樵於江渚之上侶魚蝦而友麋鹿駕一葉之扁舟舉匏樽以相屬寄蜉蝣於天地渺滄海之一粟哀吾
生之須臾羨長江之無窮挾飛仙以遨遊抱明月而長終知不可乎驟得託遺響於悲風蘇子曰客亦知夫水與月乎
逝者如斯而未嘗往也盈虛者如彼而卒莫消長也蓋將自其變者而觀之則天地曾不能以一瞬自其不變者而觀之
則物與我皆無盡也而又何羨乎且夫天地之間物各有主苟非吾之所有雖一毫而莫取惟江上之清風與山間之明月
耳得之而為聲目遇之而成色取之無禁用之不竭是造物者之無盡藏也而吾與子之所共適客喜而笑洗盞更
酌肴核既盡杯盤狼籍相與枕藉乎舟中不知東方之既白

蘇軾赤壁賦 玉財書之

中堂《赤壁赋》

陈杰(陈纪杰) 1965年生。现工作于山东省滨州市文联，滨州市书法家协会驻会副主席兼秘书长，国家一级美术师。中国书法家协会会员，山东省书法家协会篆书委员会副主任，山东省青年书法家协会顾问，中国书法家协会考级中心考官，甘肃简牍博物馆特聘研究员。

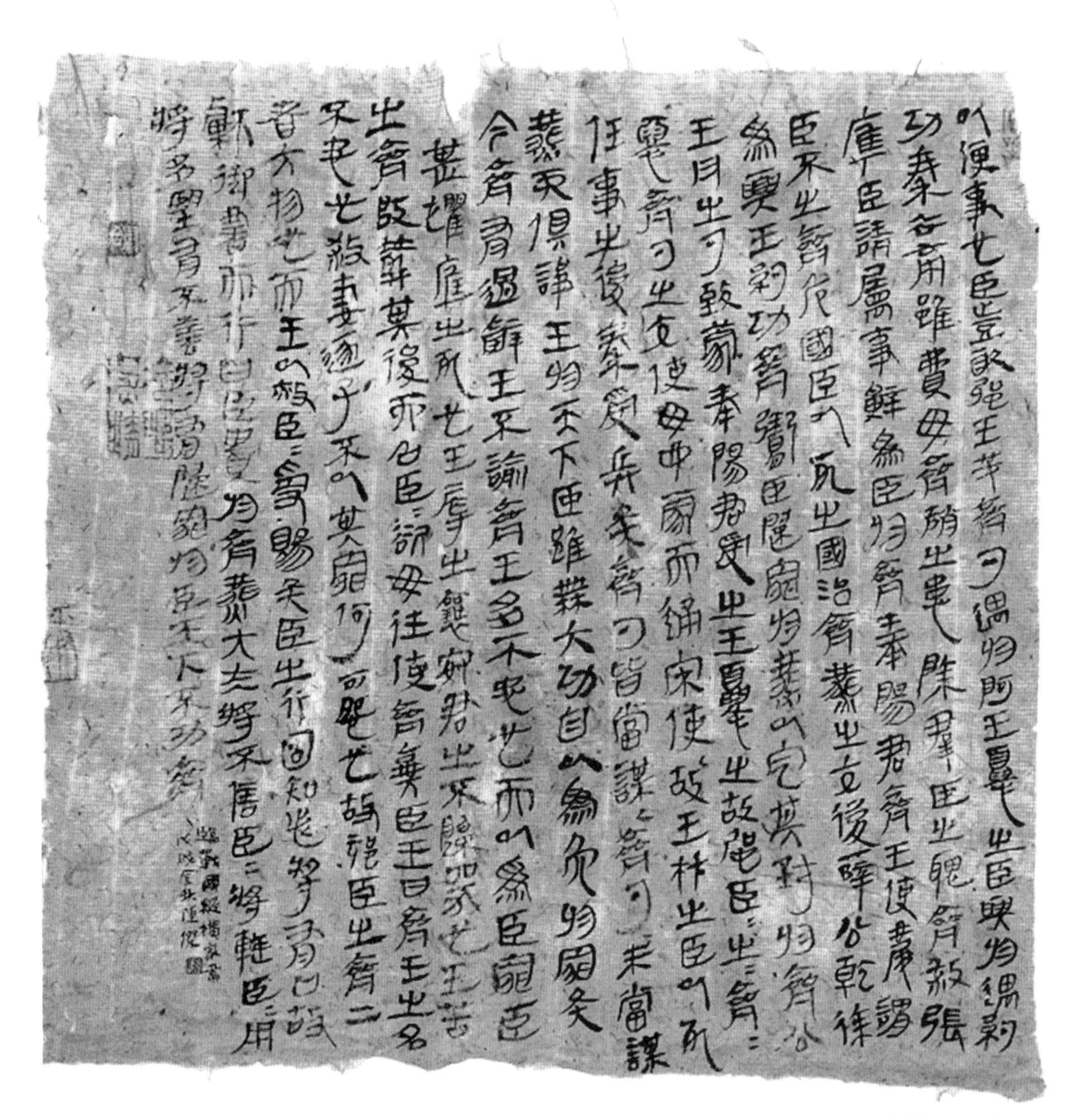

斗方《临马王堆帛书》

始制文字乃服衣裳推位讓國有虞陶唐弔民伐罪周發殷湯坐朝問道

垂拱平章愛育黎首臣伏戎羌遐邇一體率賓歸王鳴鳳在竹白

駒食場化被草木賴及萬方蓋此身髮四大五常恭惟鞠養豈

敢毀傷女慕貞絜男效才良知過必改得能莫忘罔談彼

短靡恃己

千字文由南北朝時期梁散騎侍郎給事中周興嗣編纂，乃千個漢字組成的韻文。梁武帝命人從王羲之書法中選出一千個不重複之字，全文四字句，對仗工整，條理清晰，文采斐然。

長信使可覆器欲難量墨悲絲染詩讚羔羊景行

維賢克念作聖德建名立形端表正空谷傳聲

虛堂習聽禍因惡積福緣善慶尺璧非寶寸陰是競

資父事君曰嚴與敬孝當竭力忠則盡命

臨深履薄夙興溫凊似蘭斯馨如松之盛川流不息淵澄取映容

止若思言辭安定篤初誠美慎終宜令榮業所基籍甚無竟學

優登仕攝職從政存以甘棠去而益詠樂殊貴賤禮別尊卑上和下睦夫唱婦隨外受傅訓入奉母儀諸姑伯叔猶子比兒孔懷兄弟同氣連枝交友投分切磨箴規仁慈隱惻造次弗離節義廉退顛沛匪虧性靜情逸

[illegible] 陳傑

简册《〈千字文〉选录》

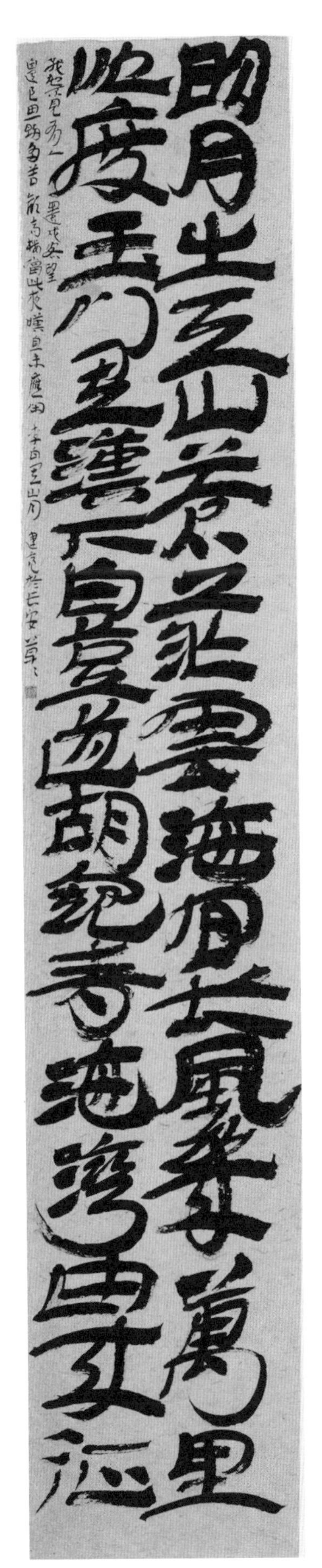

条幅《李白诗》

孙建亮 1994年生于山东临沂。现于西安美术学院攻读书法篆刻专业硕士研究生，师从贺文龙。

陈柳櫺　1983年生，贵州大学艺术学院绘画系中国画专业本科毕业；2010年结业于中国人民大学中国画硕士课程研修班，主修传统山水；2012年结业于中央美术学院张立辰中国画写意画高级研究班，主修写意花鸟；2013年结业于由中华人民共和国教育部人事司和高等教育司一起举办的首届高等学校青年骨干教师中国画博士研修班，主修写意花鸟。

大江東去浪淘盡千古風流人物故壘西邊人道是三國周郎赤壁亂石崩雲驚濤裂岸捲起千堆雪江山如畫一時多少豪傑遙想公瑾當年小喬初嫁了雄姿英發羽扇綸巾談笑間檣櫓灰飛煙滅故國神遊多情應笑我早生華髮人間如夢一尊還酹江月

蘇東坡念奴嬌赤壁懷古 戊戌初冬書於貴陽花溪河畔 柳櫺

中堂《苏轼词》

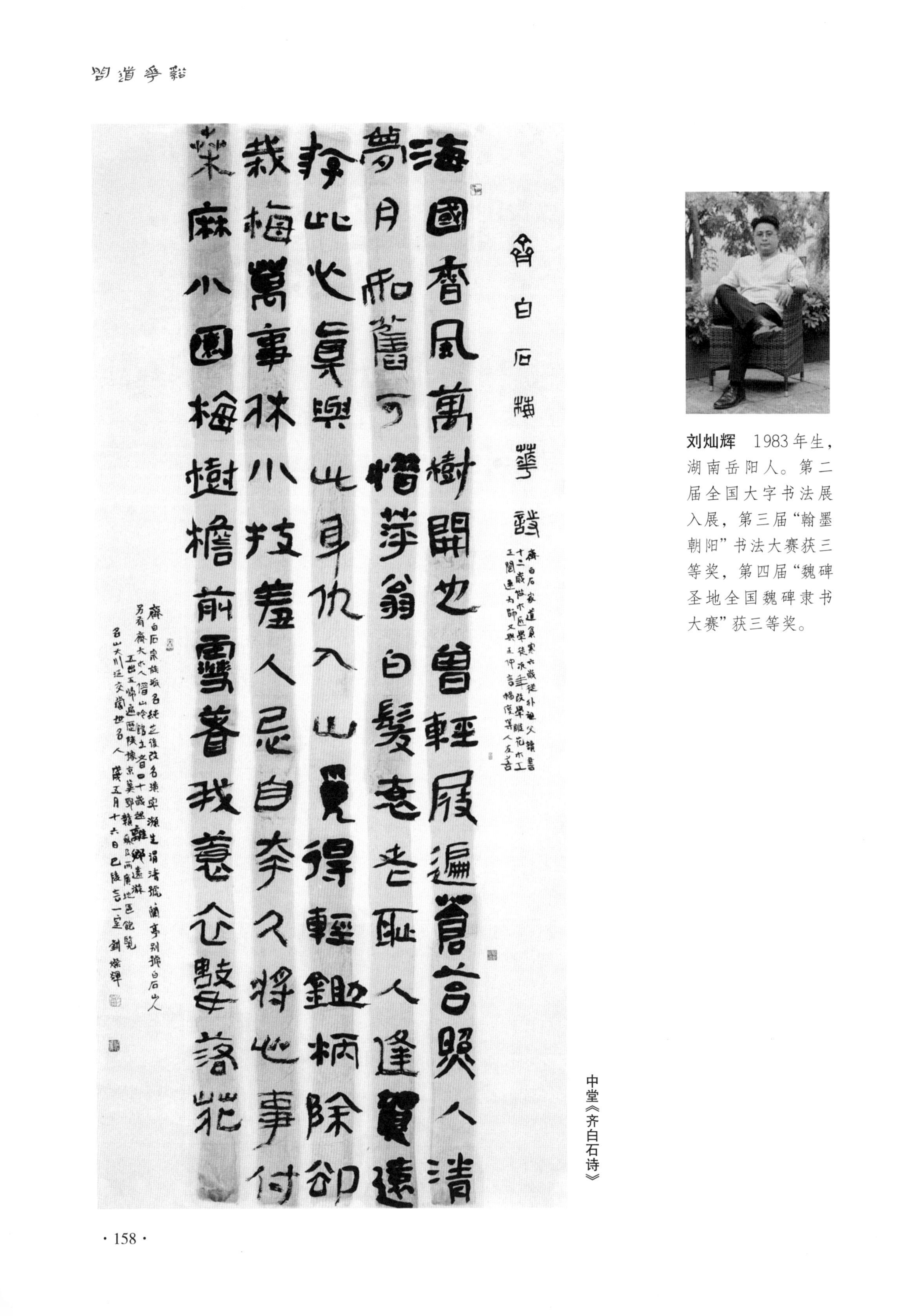

刘灿辉 1983年生，湖南岳阳人。第二届全国大字书法展入展，第三届“翰墨朝阳”书法大赛获三等奖，第四届“魏碑圣地全国魏碑隶书大赛”获三等奖。

中堂《齐白石诗》

周欢 1995年生，湖南桃江人。书法授业于江西省新余市书法家协会副主席周小平先生。

候粟君所責寇恩事　東山一人

建武三年十二月癸丑朔乙卯都鄉嗇夫宫以廷所移甲渠候
書召恩詣鄉先以證財物故不以實臧五百以上辭已定滿
三日而不更言請者以辭所出入罪反罪之律辨告乃
爰書驗問恩辭曰潁川昆陽市南里年六十六歲姓寇氏去

年十二月中甲渠令史
華商尉史周育當爲候粟君載魚之觻得賣商育不
能行商即出牛一頭黃特齒八歲平賈直六十石與它穀十
五石爲七十五石育出牛一頭黑特齒五歲平賈直六十石與它

穀卌石凡爲穀百石皆予粟君以當載魚就直時粟君
借恩爲就載魚五千頭
到觻得賈直牛一頭穀廿七石約爲粟君賣魚沽出時行
錢卌萬時粟君以所得商牛黃

特齒八歲以穀廿七石予恩顧就直後二三當發粟君謂恩
曰黃牛微瘦所得育牛黑特雖小肥賈直俱等耳擇可
用者持行恩即取黑牛去留黃牛非從粟君借犢牛恩
到觻得賣魚盡錢少因賣黑牛并以錢卌二萬付粟

君妻業少八歲恩以大車半𨏔軸一直萬錢羊韋一枚爲
橐直三千大笥一合直千一石去盧一直六百𥵖索二枚直千
皆置業車上與業俱來還到第三置
恩糴大麥二石付業直六千又到北部爲業賣肉十

斤直穀一石石三千凡并
爲錢二萬四千六百皆在粟君所恩以負粟君錢故不從取
器物又恩子男欽
以去年十二月廿日爲粟君捕魚盡今正月閏月二月積作

三月十日不得賈直時市庸平賈大男日二升爲穀廿石
恩居觻得付業錢時市穀決石四千以欽作賈穀十三
石八斗五升直觻得錢五萬五千四凡爲錢八萬用償所
負錢畢恩當得欽作賈餘穀六石一斗五升付恩從觻得

自食爲業將車到居延行道廿餘日不計賈直時商育
皆平牛直六十石與粟君粟君因以其
賈予恩已決恩不當予粟君牛不相當穀廿石皆
證也如爰書

联屏《临候粟君简》

薛婧 1996 年生，山西河东人，贵州师范大学书法学本科在读。现为贵州省书法家协会会员、贵阳市书法家协会会员。

条幅《临居延简》

对联《守独辞高》

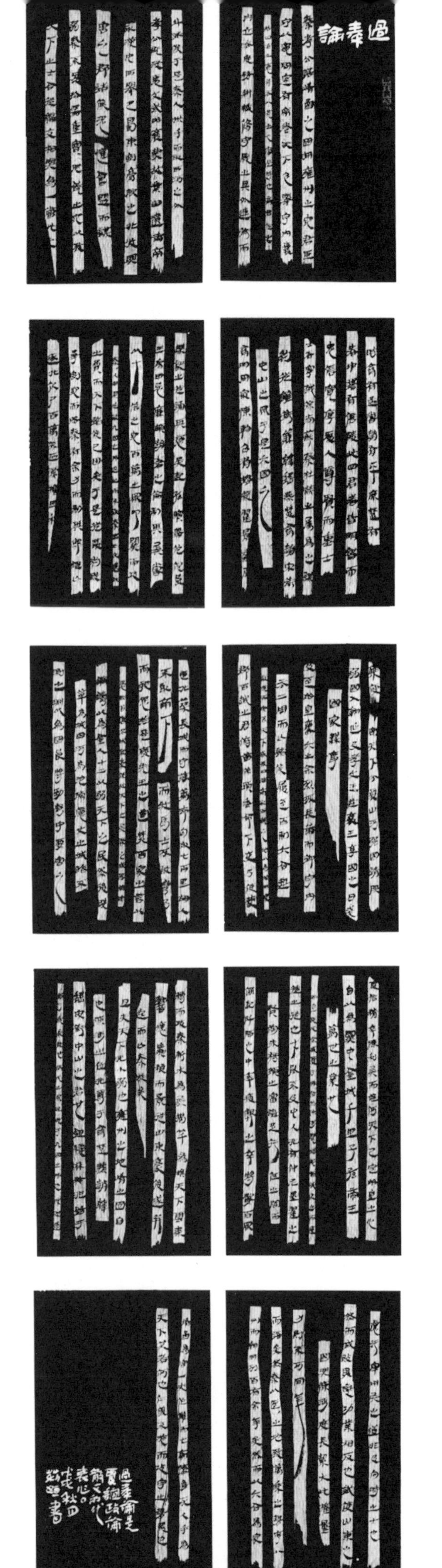

联屏《过秦论》

孙莉姮 1970年生，甘肃会宁人。现供职于靖远煤业有限责任公司广宇公司。甘肃省书法家协会会员，白银市书法家协会理事 。

袁珊 1982年生。湖南师范大学本科，中山大学硕士。广州市番禺区市桥桥兴中学一级教师。

简册《苏轼词》

张耀山　1955年生于江苏连云港。现为中国书法家协会会员、江苏省书法家协会常务理事、连云港市书法家协会名誉主席、连云港市安东书院院长。

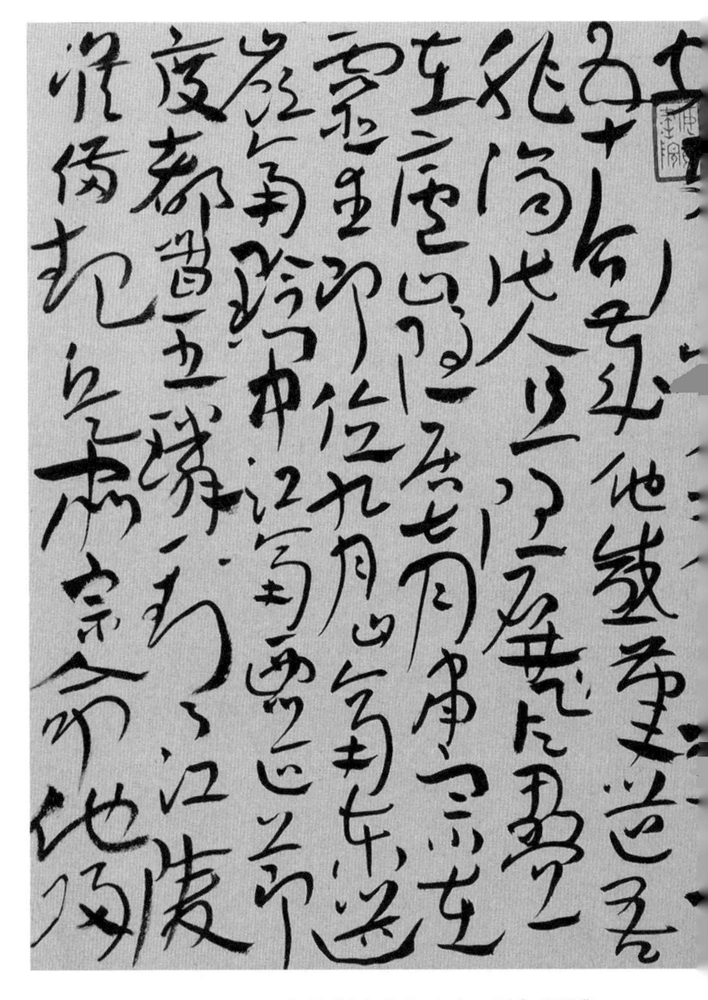

小品《〈李白与安史之乱〉摘抄》

邓红娣(弟) 1972年生，祖籍广东乐昌，广东省珠海市香洲区第七小学美术教师。现为珠海市青年书法家协会副秘书长、江西鄱湖印社社员。

条幅《宋词选录》

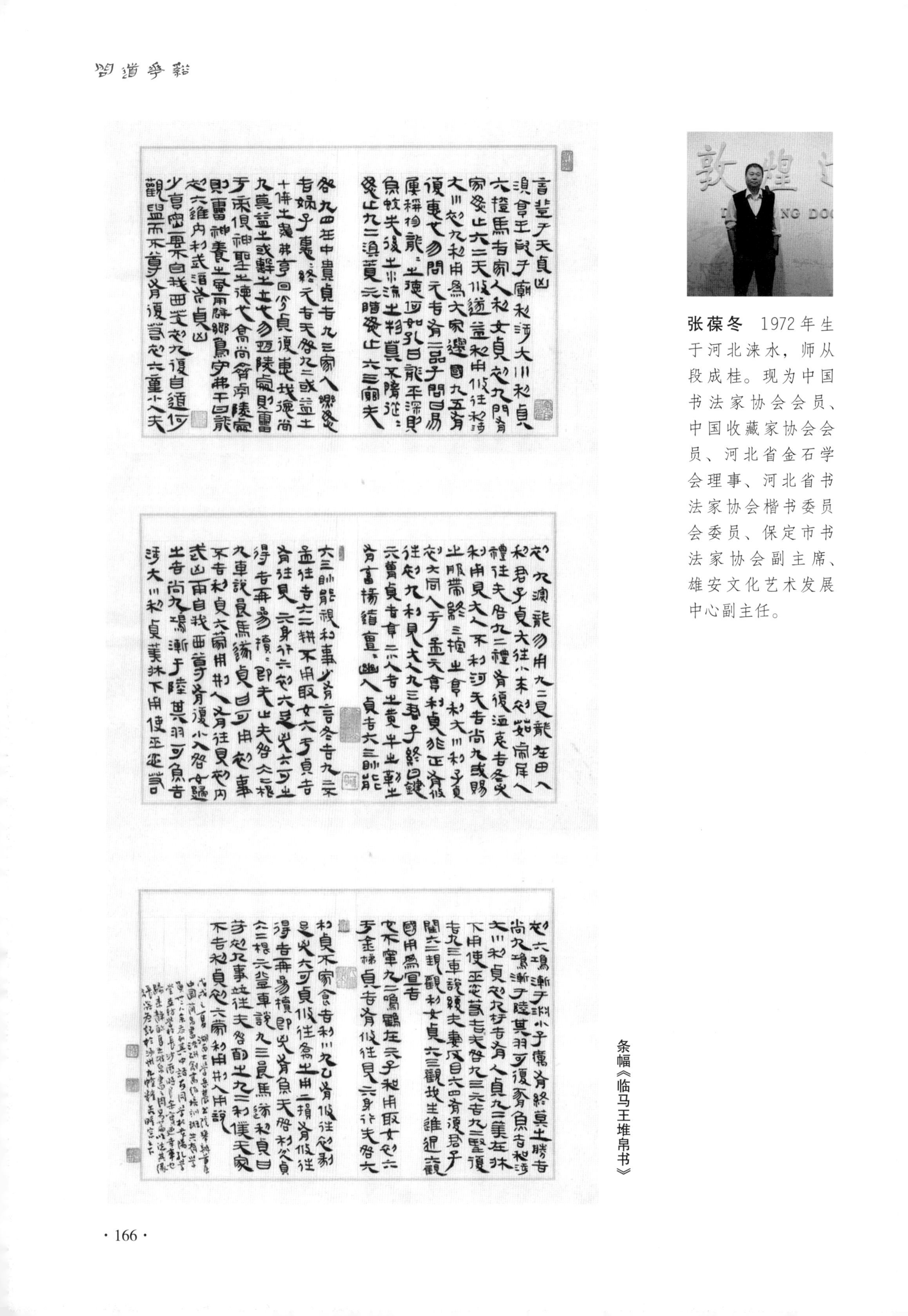

张葆冬 1972年生于河北涞水，师从段成桂。现为中国书法家协会会员、中国收藏家协会会员、河北省金石学会理事、河北省书法家协会楷书委员会委员、保定市书法家协会副主席、雄安文化艺术发展中心副主任。

条幅《临马王堆帛书》

問道學藝

教学掠影

首届中国简帛书法艺术研创高级培训班纪要

王博凯

为弘扬中国优秀的传统文化，有效推动中国简帛书法艺术研究与创作的交流与拓展，2018年7月5日至28日，由湖南大学中国简帛书法艺术研究中心牵头，与贵阳孔学堂、湖南省博物馆联合举办了首届中国简帛书法艺术研创高级培训班。培训班在贵阳花溪孔学堂国学文化研修园举办。通过专家严格甄选，36名来自全国的简帛书法爱好者与来自国内知名高校简帛文字、书法领域的著名专家切磋交流，求学问道。

7月6日上午，开班仪式在贵阳孔学堂举行。出席仪式的有湖南大学中国简帛书法艺术研究中心主任、岳麓书院陈松长教授，贵阳孔学堂文化传播中心副主任周之江先生，湖南省博物馆副馆长张晓娅女士，孔学堂研修部部长肖立斌先生，复旦大学出土文献与古文字研究中心郭永秉教授，南京艺术学院朱友舟教授和来自全国各地的学员。在开班仪式上，主办的三家单位负责人分别做了发言，阐明了本次办班的宗旨，筹备及培训内容的基本情况。

本次研创培训班分为古文字与简帛书法理论学习、临摹研创实践教学、出土简帛实物鉴赏三个方面内容。

首先，在简帛书法理论学习方面，我们邀请了国内高校简帛书法、古文字研究领域知名学者授课，他们是吉林大学丛文俊教授、中国文化遗产研究院刘绍刚研究员、湖南大学陈松长教授、清华大学李守奎教授、中山大学陈斯鹏教授、吉林大学冯胜君教授、复旦大学郭永秉教授等，这些专家学者分别从自己研究的领域出发，就简帛书法、古文字研究中的理论问题向学员做了详细的讲解分析。对学员古文字理论、简帛书法认知能力的提升有很大帮助。

其次，在研创实践教学方面，分别邀请了南京艺术学院朱友舟教授、湖南师范大学陈文明副教授、河北美术学院书法院陈阳

高级培训班合影

静博士从楚简、秦汉简两个层面为学员讲解简帛书法技法，提升学员创作实践水平。

再次，培训班还开展了学术考察。7月26日至28日，学员先后赴湖南省博物馆、长沙简牍博物馆、岳麓书院等藏简机构，观览马王堆帛书、走马楼三国吴简、岳麓秦简等。观摩珍贵文物，品鉴简帛书风。

此外，在学习之余，还开展了各项交流活动，如参观书法展，聆听琵琶音乐演奏，开展学员讲座等，促进了学员交流，丰富了文化生活。

首届中国简帛书法艺术研创高级培训班以理论与实践相结合的书法研创方案为指导，以培养简帛书法艺术研创高级人才为目标，充分发掘简帛书法艺术的价值，对推动简帛学和简帛书法艺术研究的发展发挥了重要作用。

培训班教学研创活动掠影

首届中国简帛书法艺术研创高级培训班录取通知书及开班合影（贵阳孔学堂）

首届

中國簡帛書法藝術研創高級培訓班

錄取通知書

__________同學：

經專家評審，你已被首屆“中國簡帛書法藝術研創高級培訓班”録取，請按時參加學習。

培訓時間

2018年7月5日至7月30日

7月5日：全天報到（早8:00—晚19:00）

7月6日：培訓班開班儀式

7月6日至24日：集中授課與實踐指導（半天授課，半天研創）

7月25日赴長沙

7月26日至28日：學術考察

7月29日：培訓班結業典禮

7月30日：培訓班結束

培訓地點

貴陽市花溪區花溪國家城市濕地公園中段貴陽孔學堂書院（集中培訓地點）

湖南省博物館、長沙簡牘博物館、岳麓書院等（學術考察地點）

湖南大學中國簡帛書法藝術研究中心（代章）

貴陽孔學堂文化傳播中心

湖南省博物館

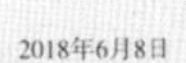

2018年6月8日

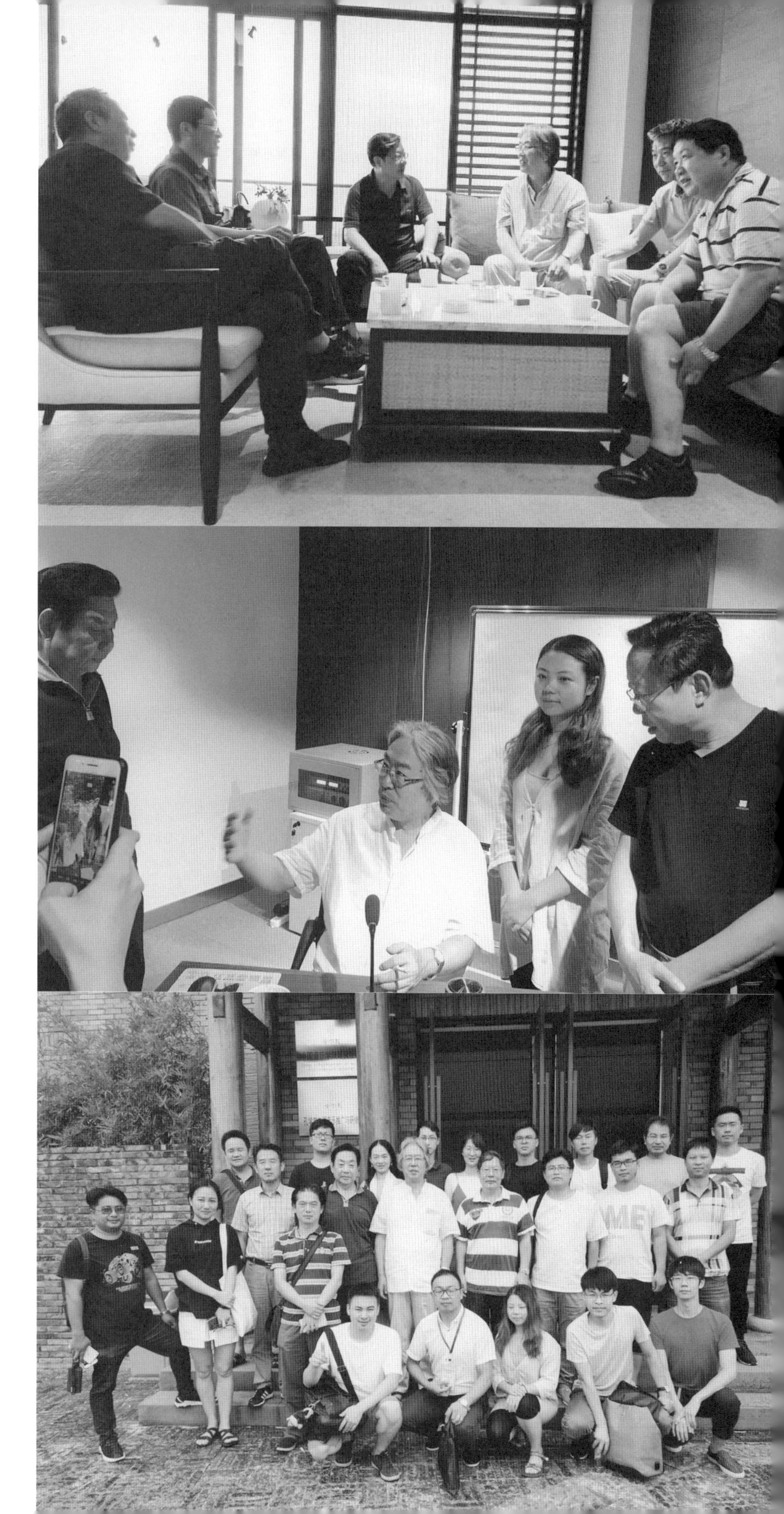

从文俊教授讲课间隙与师生交流现场

陈松长教授讲课及示范现场

刘绍刚老师讲课现场

李守奎教授讲课现场

冯胜君教授讲课现场

陈斯鹏教授讲课现场

郭永秉教授讲课现场

朱友舟教授讲课及指导学生现场

陈文明副教授指导学员现场

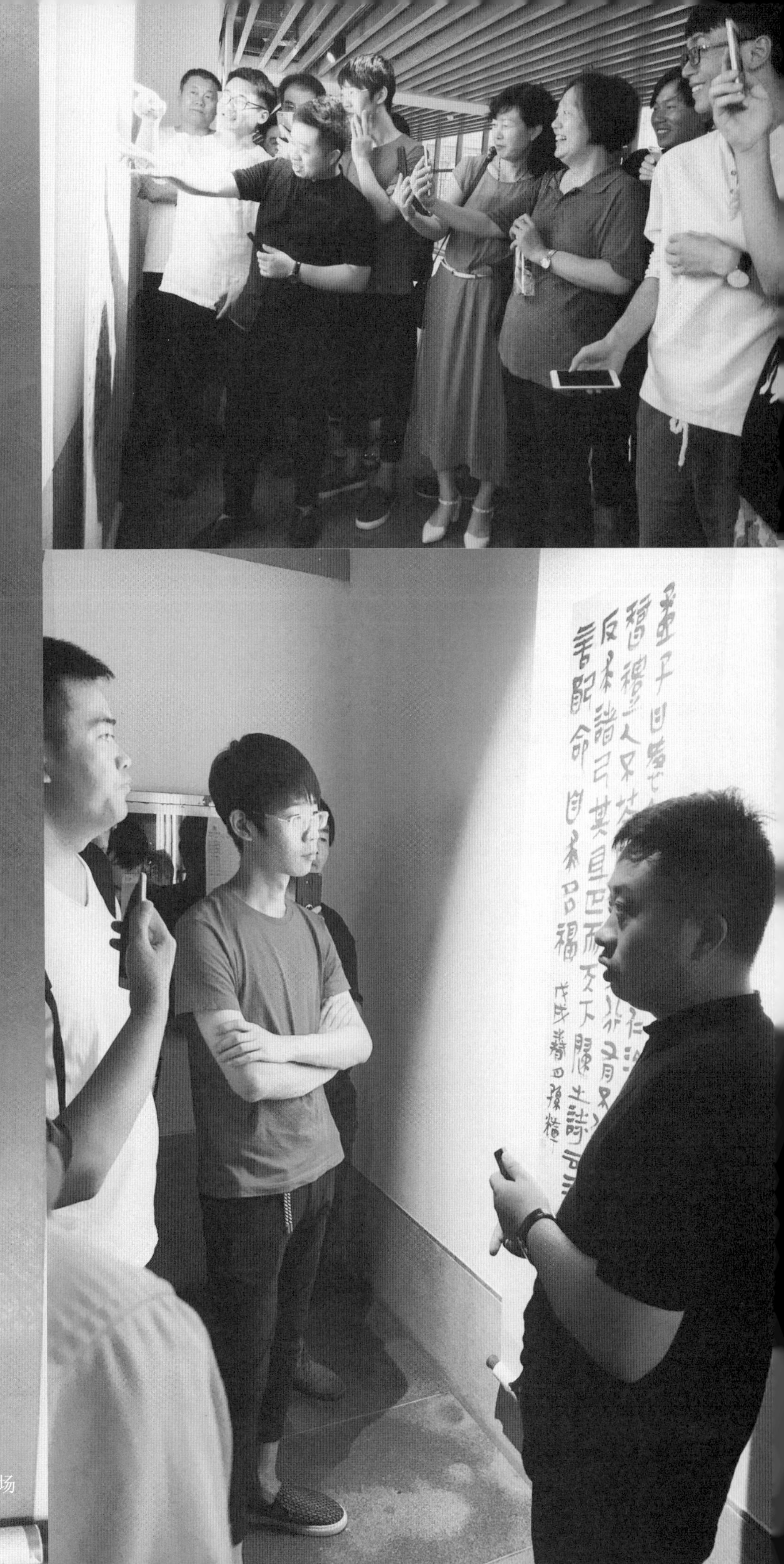

陈阳静博士指导学员现场

学员们听课、练习现场

溪山翰跡之秦風楚韻——全國簡帛書法邀請展合影

二零一八年七月二十一

参观学习全国简帛书法邀请展现场合影

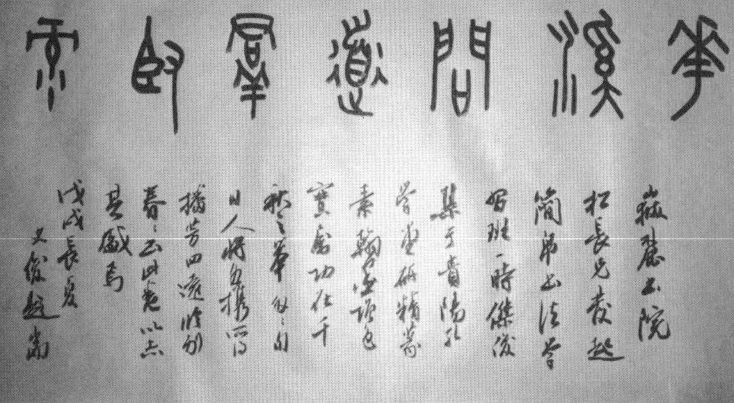

从文俊教授题写“花溪问道群贤录”长卷现场及长卷整体效果

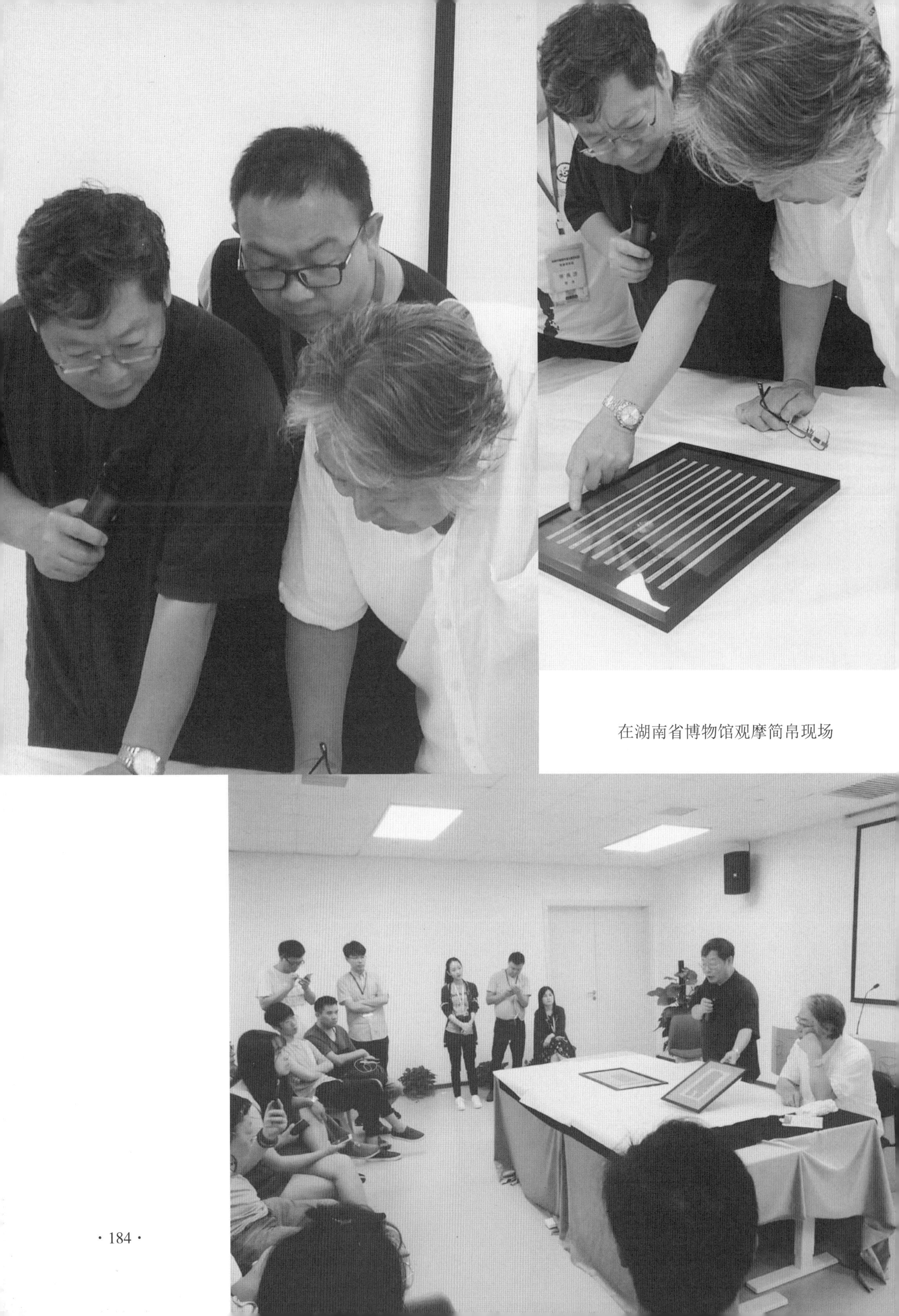

在湖南省博物馆观摩简帛现场

简帛班结业典礼及在岳麓书院
大门前的合影

附录：作品信息索引

导师作品

学员作品

杨玲　127

　条屏《古诗十九首选》　38cm × 136cm × 2

许道坤　128

　横幅联屏《谏逐客书》　55cm × 135cm

邢冬妮　129

　条幅《〈老子〉节录》　70cm × 180cm

孙玉才　153

　中堂《赤壁赋》　67cm × 140cm

陈杰　154

　斗方《临马王堆帛书》　52cm × 46cm

　简册《〈千字文〉选录》　48cm × 76cm

孙建亮　156

　条幅《李白诗》　32cm × 180cm

陈柳檉　157

　中堂《苏轼词》　113cm × 180cm

刘灿辉　158

　中堂《齐白石诗》　102cm × 232cm

周欢　159

　联屏《临候粟君简》　73cm × 180cm

薛婧　160

　条幅《临居延简》　46cm × 128cm

　对联《守独辞高》　17cm × 134cm × 2

孙莉姮　162

　联屏《过秦论》　47cm × 173cm

袁珊　163

　简册《苏轼词》　28cm × 42cm

张耀山　164

　小品《〈李白与安史之乱〉摘抄》　30cm × 30cm × 2

邓红娣　165

　条幅《宋词选录》　28cm × 150cm

张葆冬　166

　条幅《临马王堆帛书》　40cm × 120cm

图书在版编目(CIP)数据

问道花溪:首届中国简帛书法艺术研究高级培训班师生作品集/陈松长主编.--上海:上海书画出版社,2019.7

ISBN 978-7-5479-2082-4

Ⅰ. ①问… Ⅱ. ①陈… Ⅲ. ①汉字-法书-作品集-中国-现代 Ⅳ. ①J292.28

中国版本图书馆CIP数据核字(2019)第130368号

特约编辑:李莹波 王博凯 陈 杰
许敬峰 朱 江

问道花溪

首届中国简帛书法艺术研究高级培训班师生作品集

陈松长 主编

责任编辑 孙 晖 凌云之君
审 读 雍 琦
封面设计 王 峥
内页设计 国严心
技术编辑 顾 杰

出版发行 上海世纪出版集团
上海书画出版社
地址 上海市延安西路593号 200050
网址 www.ewen.co
www.shshuhua.com
E-mail shcpph@163.com
制版 上海世纪嘉晋数字信息技术有限公司
印刷 上海盛隆印务有限公司
经销 各地新华书店
开本 889×1194 1/16
印张 12.25
版次 2019年7月第1版 2019年11月第2次印刷

书号 ISBN 978-7-5479-2082-4
定价 128.00元